Joseph Zoderer

Lontano

Roman

Carl Hanser Verlag

Die Arbeit des Autors an diesem Buch wurde durch
den Deutschen Literaturfond e. V. gefördert.

ISBN 3-446-14136-7

Umschlag: Klaus Detjen
unter Verwendung eines Fotos von Gianfranco Gorgoni
(Robert Smithson: Spiral-Mole, Utah, USA, 1970)
Satz: Maschinensetzerei Janß, Pfungstadt
Druck und Bindung: Mühlberger, Augsburg
Printed in Germany

Für meine Mutter und M.

Was ihn ein wenig verwunderte, war die Art, wie sie ihm die Schuhe von den Füßen und die Hosen von den Beinen zogen, er fand kaum Zeit, die Knöpfe seines Hemdes durch die Löcher zu schieben, und der junge Assistenzarzt fragte ihn, nach einem Blick auf seine Wunde, ob er Bedenken habe, wenn der Professor selbst ihn ansehe. Nein, sagte er, er habe keine Bedenken, angesehen zu werden, er wolle nur wissen, woran er sei. Sie hatten ihm nicht die Ohren zugestopft, und sie hatten ihn auch nicht betäubt, sie führten ihn, so wie er war, mit geöffneten Augen in den Raum, auf ihr Vorführpodium, er war kein Stück Vieh, sie hatten ihm einen Pyjama angezogen, einen Streifenpyjama der Dritten Klasse.

Als die Tür aufgestoßen wurde von der Hand des Assistenzarztes und er gleichzeitig den leichten Stoß der anderen Hand in seinem Rücken spürte, glaubte er zunächst in einem verdunkelten Kinosaal zu stehen, auf der Galerie oben, doch während er hinuntergeschoben wurde, gewöhnten sich seine Augen an das Halbdunkel, und er erkannte einen Hörsaal, dessen fast leere Sitzreihen in einem Halbkreis auf das Podium zuliefen, wo ein langgestreckter beleuchteter

Tisch stand und davor diese hagere Gestalt, die der Professor sein mußte. Der Professor schubste ihn zwischen den Tisch und die erste Sitzreihe, er untersuchte ihn nicht, sah ihn kaum an, es genügten ein paar gezischelte Worte des Assistenzarztes, die Finger des Professors zwickten ihn wie eine Pinzette, ein wenig wurde er dahin und ein wenig dorthin dirigiert, die Köpfe reckten sich zu ihm hin, zu seiner auf Befehl herausgestreckten Zunge, er hörte Lingua geografica und anderes, was ihm nicht haftenblieb. Die Pinzettenhand kniff und lenkte ihn, aber er blieb lautlos, er sagte nicht A und nicht B, zog, wie und wann immer der Professor es wünschte, die Pyjamahose herunter und entblößte sich unter den Gesichtern dieser durchwegs sonntäglich gekleideten jungen Damen und Herren, hielt ihnen, so gut es ging, seine Wunde hin. Er erkannte sie alle wieder, diese von ihnen gemurmelten oder laut hervorgepreßten Bezeichnungen. Und sie hatten ihm keine Binde über die Augen gelegt und weder das linke noch das rechte Ohr mit Pfropfen oder Stöpseln verschlossen.

Später lag er in diesem Bett, am Ende eines hohen weißen Saales, in einer der vier Ecken. Er hörte durch die Wand, der er sein Gesicht zukehrte, das Rauschen der Toilettenspülung, sein Bett war das zwanzigste oder zweiundzwanzigste, hinter dem Kopfende ragte ein sechsfach geteiltes Fenster fast bis zur Decke hinauf. Das Gesicht seines Bettnachbarn war übersät von rötlichgelben Punkten, und auch auf den Händen, dem Mund, den Armen wucherten diese kleinen Blasen. Der Mann hatte brünettes Haar, es fiel ihm büschelweise aus; mit seinen langen Armen konnte ihn der Nachbar, wann immer er wollte, erreichen und nach ihm fassen. Sie redeten kaum miteinander, er laufe niemandem mehr davon, sagte der Bettnachbar irgendwann am Anfang, meist lagen sie beide auf dem Rücken und schauten zur Zimmerdecke, wortlos erforschten sie die dünnen Linien der Farbrisse, und keiner fragte den anderen nach Woher und Was und Werbistdu.

Von Zeit zu Zeit bot ihm der andere sein Dessert an, streckte ihm einen Apfel oder eine Orange entgegen, die in der Höhlung seiner papeligen Hand hin und her rollte, dankend mußte er immer wieder etwas erfinden, um den anderen nicht zu verletzen, der Saft, besonders der Saft der Orange, aber auch der des Apfels brenne ihm auf den Lippen, verätze den Gaumen, sein Nachbar verstand ihn, das Gesicht des Mannes verwackelte zu einem nickenden Grinsen.

Er weidete mit den Augen das grau werdende Weiß der Saaldecke ab, las nichts, er wollte nichts lesen, er wollte nicht abgelenkt sein, er wollte nichts, absolut nichts vergessen: wie er Mena vor seinen Freunden und Nicht-Freunden angeschrien hatte, in einem Gartenhaus, einer Schrebergartenhütte, verschwinde, hau ab, verschwinde endlich mit ihm, genau wußte er es nicht mehr, es fielen ihm nur mehr undeutlich einzelne Worte ein, er mußte es sich später sagen lassen und glaubte es nicht, wehrte sich, es glauben zu müssen, wenn ihm Schorsch erzählte, daß er lauthals gebrüllt habe, ich fliege ohne dich, ich will dich nicht mehr sehen. Er wußte nicht mehr die Worte, aber er hatte Mena wohl die geplante Amerikareise in Erinnerung geschrien, ich werde ohne dich fliegen, hatte umsonst gehofft, sie damit zur Vernunft zu bringen, sie hatten Spaghetti gedreht und geschluckt, Weißwein in Henkelgläser geschüttet, das Aufkreischen und gegenseitige Überschreien hatte er nicht vergessen, es war für die Freunde ein Fest gewesen, auch wenn er diesen anderen hätte schlagen können, weil ihn sein Gesicht dauernd zu Übertreibungen reizte. Die Decke der Hütte hatte auf ihn wahrscheinlich mehr als auf die übrigen gedrückt, sie hing dicht über den Köpfen, er fühlte es so, als sollte niemand mehr aufstehen, und sie, Mena, saß nicht neben ihm. Der Tisch füllte fast den ganzen Raum aus, alles bis auf die Bänke und die Stühle hatten sie zuvor hinausgestellt, er sah nur Gesichter vor sich, schwitzende, schreiende Gesichter, auch zum Lachen verzerrte Münder.

Er hatte zugesehen und wieder zugesehen und war beleidigt und aufgeregt zugleich gewesen, lange hatte er wie ein Blinder gelacht und dennoch alles mitangesehen. Sie saßen auf den Bänken so gedrängt, daß ihre Rücken an der Wand scheuerten, und ohne daß es ihn kümmerte, war er schnell betrunken geworden, zornig und betrunken. Er hätte nicht sagen können, ob er ihr den Wohnungsschlüssel hingeworfen hatte, er hätte nicht darauf schwören können, daß sie und der andere jäh aufgesprungen und weggerannt waren, sie waren plötzlich nicht mehr da. Von einem bestimmten, unbemerkten Augenblick an hatte er sie aus dem Blick verloren, er sah sie nicht mehr, schräg gegenüber, auf der anderen Tischseite, er hätte dem anderen gerne ins Gesicht geschlagen, wahrscheinlich aber hatte er ihm zum Abschied einen Gruß nachgeschrien, er wußte es nicht mehr. Natürlich mußte sie vor seinen Augen mit dem anderen weggegangen sein, obwohl es ihm noch immer so vorkam, als ob er es nicht bemerkt hätte. Er konnte keinen Handschlag erinnern, nicht die Andeutung einer Umarmung, ganz sicher war er sich nur darin, daß er, und dies sah er als ruhiges Bild vor sich, mit seinem Freund Schorsch zuletzt in einer fast leeren Gasthausstube gesessen und weiter

Weißwein getrunken hatte. Nach Mitternacht war er mit dem Aufzug in den neunten Stock gefahren, nach Hause, und zunächst war ihm nichts aufgefallen, nur daß sie nicht da war, ja, das schon.

Er fragte sich, warum und wann er bemerkt hatte, daß die Nähmaschine fehlte, daß sie nicht auf dem Tisch im Hinterzimmer und nicht unter dem Tisch war, warum ihn das überhaupt interessierte, und warum er den Einbauschrank im Flur aufsperrte und die Preßholztüren öffnete. Alle seine Anzüge hingen dort, und nur einer der zwei grünen abgewetzten Reisekoffer, die sie am Meraner Wochenmarkt erstanden hatten, war nicht mehr da, und Menas Kleiderbügel, die er einzeln mit dem Finger anschubste, baumelten an der Messingstange. Er hätte nicht sagen können, wie er eingeschlafen war, mit welcher Gleichgültigkeit, er hatte in seinem Rausch an keinerlei Veränderung geglaubt, hatte nicht an sein Unglück geglaubt, sich vielleicht sogar stark gefühlt, und war mit einem Grinsen eingeschlafen, in den Kleidern auf der blauen Kautsch eingeschlafen und hatte weder die Bettwäsche aus dem Klappkasten gekramt noch die rostbraunen Vorhänge vor die Glaswand des Balkons gezogen. Irgendeinmal gegen Morgen oder am Vormittag mußte er das Zimmer verdunkelt haben, statt zu frühstücken. Er hatte nur den Stiel der

Pfanne, die auf dem Herd stand, mit dem Unterarm gestreift, und die Pfanne hatte eine halbe kleine Runde gedreht, überall, sogar in der Badewanne, hatte er nach einem Zettel gesucht, wenn schon kein Brief, dann wenigstens irgendwelche Zeilen, eine winzige Anrede an ihn, ihr Name, von ihr selbst geschrieben. Aber nichts, absolut nichts, nicht das winzigste beschriebene Fitzelchen.

Er hatte nach dem Erwachen, am Morgen oder am späteren Vormittag, das Telefon nicht angerührt, lag, das Kinn auf der Kautschlehne, da und wartete auf sein Zusammenzucken, auf sein Aufspringen beim Schrillen des Telefons. Doch es blieb still in der Wohnung, er hörte nur zeitweilig das gedämpfte Schnurren des Lifts, das bremsende Rückstoßgeräusch, wenn der Aufzug hielt, manchmal auch im letzten Stock, im neunten, er lauschte auf das Aufschnappen der Metalltür und auf die Stöckelschritte, die sich zur einen oder anderen der beiden Nachbarwohnungen entfernten. Die Katze versuchte sich einzurichten im Winkel zwischen seinem rechten Ohr und der Schulter, er schreckte sie immer wieder auf, wenn er den Kopf hob.

Über den Waschtisch hatten sie, wenn sie aßen, eine Sperrholzplatte gelegt, damals, ganz am Anfang, als sie ihn endlich in ihre Zimmerküchenwohnung eingelassen hatte; vor dem Fenster der Küchennische, die einmal als Garderobe gedient haben mochte, schimmerte matt die Hinterhofsonne. Sie saßen einander gegenüber, er auf dem umgekippten Wassereimer und sie auf einem Hocker, und lachten sich an. Er hatte Mena nie geschlagen, doch, einmal hatte er sie geohrfeigt, vor der Haustür, als sie ihre Schuhe in den Neuschnee geworfen hatte und ihn in einen Schneehaufen herunterziehen wollte, betrunken ihn auslachte, als er den Haustorschlüssel verlangte, sie war in Strümpfen im Schnee herumgehüpft und hatte ihn ausgelacht.

Gegen Abend aß er von den Wurst- und Käseresten, die er im Eisschrank fand, trank aus der Flasche zu kaltes Bier, seine Freunde rief er nicht an, er wollte nicht fragen, um ausgefragt zu werden. Er nahm den Notizblock, der über dem Telefonapparat hing, in die Hand, suchte auf den schmalen Seiten die Schnörkel der Nummern, die sie aufgeschrieben hatte, er starrte die schwarze Farbe des Hörers an, führte seine Augen so nahe heran, daß seine Stirn an das Schwarze stieß, er tupfte mit einem Fingerballen in die dünne Staubschicht am Fensterbrett und schleckte den Finger ab. Manchmal preßte er die Hände gegen die Ohren, um die von ihm gesprochenen Worte, die ihm einfielen, Worte, die sie ihm oder die er ihr gesagt hatte, von sich fernzuhalten, und sekundenlang kniff er die Augen zusammen, um sich vor den Bildern zu schützen, die auf ihn eindrängten.

Sie kam nicht mehr zurück, jetzt, da er allmählich die Entfernung zwischen ihnen wieder aufzuheben gemeint hatte und Hanna schon lange nicht mehr traf, jetzt, da er die Einladung seiner älteren Schwester in Maryland angenommen hatte und Mena sich auf den Flug zu freuen schien, seit Wochen nur mehr davon zu ihm geredet hatte. Er machte sich das Bett zurecht; als er das Leintuch über die doppelte Breite warf, erzeugte es ein wischendes Geräusch, er schlüpfte in den Pyjama, allmählich wurde alles wirklich so, wie er es sich nie hatte vorstellen können. Er spürte, wie sich sein Mund verzog, wenn er durch die Budenreihe des nahen Marktes ging, um Leber und Milch für die Katze zu holen, er gehörte nun zu diesen verwaschenen Gesichtern, plötzlich gehörte er zu dieser Vormittagsöde. Wenn ein Freund telefonierte, kicherte er in den Hörer hinein und hängte auf.

An einem Nachmittag räumte er die Flaschen aus dem Nachtkästchen, stellte Gin, Slibowitz und Weinbrand auf den Küchentisch, trank die Reste langsam aus, sah bald unzählige Möglichkeiten, fast alle Varianten von Möglichkeiten, nach jeder Richtung konnte er auf Neues zugehen. Er läutete an der Tür seiner Nachbarin, am anderen Ende des Ganges, und glotzte in das

Guckloch, bis sich das Deckelchen dahinter bewegte und er einen Augapfel anstarren konnte, er kannte dieses braune Auge und wußte, was ihn erwartete. In einem wollenen Burnus tappte die Frau voraus in das Schlafzimmer mit schwarzgestrichenen Wänden, einem schwarzen tiefen Spannteppich und einem schwarzverhangenen Fenster, nur der Plafond war blau, dunkelblau, mit aufgepinselten grauen Sternen. Sie wälzte sich mit hochgezogenen Beinen über das Bett, lag mit dem Rücken zu ihm, ließ ihm Platz, sie rasierte nicht ihre Beine, er streifte die Hausschuhe von den Füßen, stieß an die Whiskyflasche. Er kam ihrem Mund nicht nahe, sie hätte ihn angespuckt und gelacht, sie lachte auch jetzt, aber er schob das schafwollene Kleid über ihre und seine Knie, sie hatte noch keine Krampfadern, die einstige Diskusmeisterin, die er und Mena in der Trinkerheilanstalt besucht hatten, Witwe eines Fliegers, den sie im schönsten Krematorium Europas verbrannt hatten mitten im heißesten August. Zwischen den Kopfpolstern lag Riemenzeug, sie winselte nicht, half ihm nicht, hatte nur einen grinsenden Mund. Sie war es gewohnt, ihre Männer aus dem Prater zu holen, es störte ihn nicht, er wollte nur eine Betäubung, etwas wie gegen Zahnweh, wenigstens für einen Moment.

Der enge Raum seines Bades war ihm vertraut,

er hielt sich an der Heizungsröhre fest, er rutschte mit der Hand die Heizungsröhre hinunter und umklammerte mit beiden Händen das kühle Porzellan des Beckenrandes, ich habe Grippe, dachte er kotzend, oder keine Grippe, er röchelte zwischen Brust und Kopf, schluckte in den nächsten Tagen Tabletten und Kapseln, Halsweh-, Kopfweh- und Antigrippinmedizin. Till rief an, einer seiner Freunde von der Kunstakademie, eigentlich der ihm liebste, vom Schillerplatz, Till hatte eine Kollegin, die er Tommy nannte, zu einem Arzt gebracht, im zweiten oder schon im dritten Monat. Ob sie ein paar Tage bei ihm ausrasten könne.

Er redete nicht laut mit sich, er schrak zusammen, als er sich hörte, aber er bemerkte plötzlich, wie er die Arme und den Kopf und die Beine zeitweilig schüttelte, von sich wegzuschütteln versuchte, als ob ihm die Gedanken in die Finger oder in die Füße gerutscht wären. Die Freundin seines Freundes, die er nun auch Tommy nannte, wohnte einige Zeit bei ihm, sie schlief in dem Zimmer, in dem Mena genäht hatte, lag dort die meiste Zeit zusammengekuschelt auf dem Kanapee und er draußen auf der blauen Kautsch, selten ein Wortwechsel, am Abend schlüpfte sie in Jeans und Bluse, zog eine Felljacke darüber, ging weg, Till ließ sich nicht blikken. Sie hatte Sommersprossen und eine gelbweiße Haut, die Haare ringelten sich rötlich um die Ohren, er hätte mit ihr geschlafen, wenn sie nicht beide wund gewesen wären, ihm wäre es egal gewesen, er wäre mit ihr, ganz und gar krank, gerne zusammengelegen, wenn sie es gewollt hätte, aber er nahm ihre Gleichgültigkeit wie die seine hin. Wenn sie nicht ausging, spielten sie miteinander Karten, oder er las, um sie zu überraschen, oder sie las, um ihn zu überraschen, plötzlich ein paar Sätze aus dem Buch vor, in das jeder gerade vertieft schien. Wenn es so etwas gab wie einen Schmerzegoismus, dann war er der perfekte Schmerzegoist.

Zwischen Waschmittelreklamen rutschte Menas erster Brief durch den Türschlitz: Sei mir nicht böse, daß ich so von Dir weggegangen bin, schrieb sie zwei Wochen nach der Nacht in der Gartenhütte, ich möchte Dir sagen, daß es mir gutgeht, was Dich sicher traurig macht, aber auch freuen wird.

Er kannte jedes Wort auswendig, hatte jedes Wort mehr als ein dutzendmal gelesen und wiedergekaut, ich möchte Dir sagen, daß es mir gutgeht.

Zu einem Arzt zu gehen fiel ihm schwer, er vertrödelte die Zeit, er hatte keine Nadelstichschmerzen. Bis er dann doch hinging zu einer aus dem Telefonbuch herausgefischten Adresse. Mit dem Rezept bekam er in der nächsten Apotheke eine cremige Salbe, womit er sich bestrich, und darüber wickelte er die Gazebinde, er schritt steif- und breitbeinig dahin, die Creme und die Binde verklebten mit seiner Wäsche. Du darfst nicht glauben, schrieb sie in diesem ersten Brief, daß ich Dich lasse. Er war sich nicht sicher gewesen, ob es nicht hasse hieß, und jedenfalls hatte er von Anfang an »daß ich Dich hasse« gelesen. Ich verstehe jetzt, schrieb sie, viel besser, was Du mir so oft gesagt hast, daß man zwei Menschen zugleich lieben kann.

Er ließ seine Katze bei Tommy und fuhr zu Stefan, in die Stadt an der Passer, wo er geboren war und wo die Familien seines Bruders und seiner jüngeren Schwester lebten und wo auch seine Mutter noch ein Fensterzimmer hatte in der Wohnung seiner Schwester. In Stefans Glashaus hatten Mena und er in einem der Kinderbetten geschlafen, mit angezogenen Beinen, Stefan war der einzige Freund, mit dem er jetzt noch reden zu können glaubte, er hatte ihm das Wort Contenance oftmals vorgesprochen, mit ihm hatte er tagelang Schubert gehört, während Mena in der Küche half oder im Garten las. Hinter Stefan an einer Glaswand sitzend hatte er, während Stefan an der Staffelei malte, mit ihm Schubert gehört, und er oder Stefan hatten die Platte jedesmal wieder umgedreht und die Nadel aufgesetzt, manchmal kam Rike, Stefans Frau, aber öfter kam Mena herein, und einmal sagte sie, daß der Liguster nach Benzin rieche, und meistens stand sie eine Weile neben ihm und legte eine Hand an seinen Hals. Ich hoffe, Du verstehst mich und diese Zeit, die ich jetzt erlebe, schloß Mena den Brief, verzeih mir dieses Chaos, in das oder dem ich Dich zurückgelassen habe, vielleicht genießt Du schon Deine Freiheit, ich habe nichts vergessen.

Er schlief in der Wohnung seiner Schwester, wo ihm die Mutter entgegenhumpelte, aber er erzählte ihr nichts, sprach über Mena nur mit seiner Schwester und wurde von ihr mit Mullbinden versorgt. Schon einige Zeit zuvor, nicht erst damals, hatte seine Mutter die Welt zu beobachten begonnen, er begegnete ihr auf dem Flur, als er mitten aus dem Schlaf heraus das Bad suchte, sie leuchtete ihm mit einer Stablampe das Gesicht ab. Sie kommt jede Nacht ins Zimmer, erzählte seine Schwester, in dem Schlafmantel, den ihr mein Mann gekauft hat, kommt sie in unser Zimmer, obwohl sie ihn, Maurizio, respektiert, ja, ganz langsam macht sie die Schlafzimmertür auf, so langsam, daß ich darauf schon warte, sagte seine Schwester. Fast jede Nacht erwache sie davon, daß ihr Gesicht angeleuchtet werde, sie sehe die Mutter in der offenen Tür des Schlafzimmers stehen, mit der Taschenlampe in der vorgestreckten Hand, bewegungslos und stumm stehe die Mutter in ihrer schiefen Haltung, den Körper nach links verlagernd, das steife rechte Bein seitlich verschoben, wie weggestellt, minutenlang verharre sie so, bis zu einer halben Stunde, sagte seine Schwester, bis zu einer halben Stunde. Sie spreche die Mutter nie an, sie blicke, sagte sie, kaum daß ihr bewußt sei, was geschehe, nur zu ihr hin, mit fast geschlossenen Augen blinzele sie in den Strahl der Stablampe, den die Mutter auch auf Maurizio richte, der aber selten davon wach werde.

Ich habe nichts vergessen, schrieb Mena, und nichts beleidigte ihn mehr als dieser Satz. Seine Mutter, die in den letzten Jahren Geräusche hörte, die er nicht hörte, die niemand außer ihr hörte, keine Stimmen, wie sie ihm beteuerte, sondern ein auf und ab schwellendes Sausen, als ob ein riesenhafter Ventilator hinter der nächsten Wand liefe, hatte die Welt zu beobachten begonnen, sie leuchtete die Gesichter an, nachts, sie achtete auch tagsüber darauf, wie sich die Augen bewegten, ob sie sich bewegten, sie prägte sich die Art der Bewegungen ein, sie unterschied bei der Wahl der Worte, sie schüttelte den Kopf, wenn das Fleisch am Mittagstisch ungleich zertrennt und in ungleich großen oder kleinen Stücken verteilt wurde, sie lachte in sich hinein, wenn die größte Schnitte auf ihrem Teller landete, sie hustete heiser und aß, ohne Hunger zu haben, alles auf. Sie, die nichts lieber als Wilderer- und Liebesromane las, verharrte stundenlang hinter der Fensterscheibe und schaute auf die Straße hinunter, auf den kleinen Parkplatz und die Straße, an die der Parkplatz wie ein Wurmfortsatz angeschlossen war. Sie kannte die Stammplatzhalter, und sie kannte die zeitweilig an- und wegfahrenden Automobile, ihr Augenmerk galt einmal einem Fahrzeug mit dem Nummernschild aus Taranto, ein andermal einem mit dem Kennzeichen von Freiburg im Breisgau oder von Wien. Wenn die Ungeduld zu stark wurde, trat sie auf den Balkon hinaus und überflog mit ihrem Blick alles, die sechs oder sieben Fahrzeuge und die einzeln stehende Linde, dahinter die Allee der Platanen. Der Verkehrslärm der Innenstadt drang nur gedämpft bis hierher. In ihrer Schürzentasche bauschten sich die Zettel, auf denen sie mit einem Kugelschreiber Autonummern notiert hatte.

In der Nacht hörte auch er sie nun hämmern, die Mutter arbeitete mit Hammer und Nägeln, sie schlug neue Nägel ein und riß die alten wieder aus, sie baute sich ein Haus über ihrem Bett, in ihrem Zimmer baute sie sich jede Nacht ein Schachtelhaus über ihrem Bett. Sie war listig und erfindungsreich. Aus dem Abstellraum, wo die Mülleimer standen, hatte sie sich große Pappdeckel beschafft, hatte diese Kartons in unbeachteten Augenblicken, halbsteif wie sie war, ins Parterre zum Lift geschleift und mit dem Lift in den dritten Stock befördert. Sie ließ ihr Zimmer in der Wohnung seiner Schwester nie unversperrt. Obwohl sie unter Menschen wohnte, die sie liebte und von denen sie geliebt wurde, verschloß sie jedesmal das Zimmer, kaum daß sie es betreten hatte, und zog jedesmal, wenn sie es verließ, den Schlüssel ab und versteckte ihn in ihrem Taschentuch, auch wenn sie fünf- oder siebenmal in der Stunde ihr Zimmer aufsperren mußte wegen eines Briefkuverts oder eines Bleistiftes, immer schloß sie die Tür auf und verschloß sie hinter sich und versteckte den Schlüssel in ihrem Taschentuch.

Durch das Schlüsselloch, sagte seine Schwester, habe sie längst alles gesehen, schon lange alles gewußt, Mutters gesamte Welt gewußt und gesehen. Das Bett im Winkel der Türwand und der Wand des Kleiderkastens, mit dem Kopfende zur Türwand, so hause die Mutter, liegend schaue sie das Fenster ihren Füßen gegenüber an, die heruntergelassenen Rollos, und seitlich des Bettes das zwanzigfach vergrößerte Paßfoto unseres Vaters, ihres Mannes, mit dem zusammengestutzten Hitlerschnurrbart. Während die Mutter im Wohnzimmer vor dem Fernseher saß, sah er mit seiner Schwester abwechselnd durch das Schlüsselloch. Linker Hand des Bettes hatte die Mutter zwei große Kartonflächen als Wände aufgestellt und befestigt, und rechter Hand, auf der anderen Seite, zwischen Bett und Wand, hatte sie zwei alte verbrauchte Besen mit den Stielen aufwärts eingeklemmt und von der Oberkante der Pappwand auf der einen zu den Besenstielen auf der anderen Seite eine leichte Wolldecke gespannt wie eine Plane über einen Zigeunerwagen. In diese Schlafhütte, sagte seine Schwester, krieche sie hinein, indem sie sich am Fußende des Bettes mit beiden Händen abstütze, so daß sie das steife rechte Bein zurückschieben könne, bis sie mit dem Bauch auf dem Fußende des Bettes aufliege. Erst dann könne sie sich auf die linke Seite kippen, um Kraft zu sammeln und allmählich den ganzen Körper in langsamen Ruckbewegungen aufs Bett hinauf- und in das Schachtelhaus mit dem Wolldeckendach hineinzuziehen, sie sei nicht imstande, sich einzurollen, sie könne immer nur das linke Bein näher zur Hüfte heranheben. Die Mutter lag in einem Schachtelhaus, das sie über ihrem Bett errichtet hatte, seine Mutter kampierte in der Sicherheit der Wohnung seiner Schwester. Sie suchte, was er nicht begreifen konnte, hier einen Schutz, sie schützte sich vor einer Bedrohung, die er nicht wahrzunehmen vermochte, die sie aber bis unter die Haut spüren mußte, in das Innerste des Innersten mußte sie sich verkriechen, sie brauchte ein Haus im Haus, in einem der vielen Zimmer des Hauses. Seine Mutter brauchte eine Zuflucht, und eigentlich wunderte ihn nichts daran. Tagsüber, sagte seine Schwester, räume die Mutter meistens alles weg, den Karton schiebe sie hinter die Rückseite des Kleiderschranks, die Wolldecke breite sie über das Bett, die Besenstiele verstaue sie darunter, und immer sei das Zimmer verschlossen.

Er war von Mutters Ungefährlichkeit überzeugt, von ihr hatte niemand etwas zu fürchten. Es ärgerte ihn, daß seine Schwester ihr recht gab, anscheinend schon seit einer Weile ihr recht gab und von den Ventilatoren redete, als liefen diese auch für sie hinter den Wänden oder über der Zimmerdecke. Er versuchte der Mutter zu erklären, was Arterienverkalkung bewirken könne, aber das interessierte sie nicht, und er bestand nicht darauf, recht zu haben.

Als er am Morgen zu seinem Freund ging und den Kopf über das Gartentor aus schwarzgelacktem Walzblech reckte, fiel ihm der gezierte Schritt seines Freundes auf und die Feierlichkeit, in der sein Grußlächeln erstarrte. Sie ist da, sagte Stefan, während er das Tor hinter ihm schloß. Augenblicklich veränderte sich auch seine eigene Gangart, die Schritte, die er auf das Haus zu machte, waren andere Schritte als die vor dem Gartentor, seine Füße federten in einer Art

Glücksangst, er hatte Mena nicht gesucht oder wußte nicht, daß er sie gesucht hatte, jetzt wollte er jede der kommenden Minuten hellwach erleben, er wollte den Blick offen haben für jede Bewegung ihrer Augen, ihres Mundes, für jede Bewegung ihres Körpers. Sie ist nicht allein, sagte Stefan, als er die Klinke der Haustüre herunterdrückte und ihn vorauszugehen bat. Und er zuckte nicht zusammen, sondern fühlte sich so erregt, als triebe ihn eine Lust, sich zu verletzen. Er benahm sich über die Maßen höflich zu Rike, der Frau seines Freundes, die ihm stumm die Hand gab, und er dienerte vor ihr und seinem Freund herum, als müßte er ihnen Beileid für irgend etwas bezeugen. Sie spazierten durch das Wohnzimmer und aneinander vorbei, um plötzlich wie auf Befehl stillzustehen, er schaute durch die Glaswand auf braunes Farnkraut, als Mena hereintrat, sie kam aus dem Zimmer, in dem ihr Freund angeblich mit einer Kopfgrippe oder einer Bronchitis lag, auf jeden Fall schien sie sehr besorgt um ihn. Er sah sie, wie er sie nie gesehen hatte, selbstbewußt, aber mit kaum gehobenem Kopf, nichts riß sie zueinander, sie wichen einander mit dem Trotz ihrer Erinnerungen aus, er versuchte mit ihr zu reden, im Arbeitszimmer seines Freundes hatten sie miteinander zu reden versucht, er war um sie herumgekreist, solange sie auf diesem Stuhl saß, war er redend oder wortlos, aber immerzu nach Worten suchend, also auch stumm redend, um sie herumgetrippelt und hätte sie am liebsten ab und zu mit einem Finger angestupft. Beim Aussprechen der Worte, mit denen er ihre selbstverständliche Zueinandergehörigkeit zu beschwören versuchte, wurde ihm bewußt, wie wirkungslos sie waren. Übrig blieb das Gefühl seiner gewöhnlichen Ohnmacht, er hatte keinerlei Kraft, Mena zu sich in die Vertrautheit herüber- und zurückzurufen, zuletzt, sie war bereits seit einer Weile von ihrem Stuhl aufgestanden und beide waren sie in beiläufigen Spiralen rund umeinander herum gewandert, wollte er wenigstens noch ihr Mitleid haben, schocken wollte er sie und ihr Mitleid herausfordern, ihre Verantwortungspflicht, Fürsorgepflicht für ihn wollte er erzwingen, und er riß sich die blutige Mullbinde herunter. Aber der Ekel konnte sie nicht zurückholen, gerade der Ekel nicht, sie, die von vorne anzufangen den Entschluß gefaßt hatte, gerade sie nicht. Er sah es ihren Augen an, auch ihren Händen, wie sie sich auf ihn zu und von ihm weg bewegten, und dennoch spürte er, daß sie ihn verstand, es ging nicht um Worte, sie wollte, daß er sich frei fühlte und sie frei lassen würde. Sie verstand ihn, doch er war nicht verständig genug, sie hatte auf die Wunde geschaut und ihm geraten, sie sorgsam zu pflegen. Sie war mit ihrer Hand über die seine gefahren, sie wußte, daß er die Wunde gegen ihr Weggehen vorgezeigt hatte und daß er alles haben wollte, wie schon immer, ihr Dableiben und ihr Weggehen. Sie verstand ihn und setzte ihr Weggehen fort, sie hatte ihn durchschaut, auch auf das Risiko hin, daß er mit seiner Wunde verfaulte. Du mußt sofort zu einem Arzt, hatte sie gesagt, zu einem Arzt, der etwas davon versteht, am besten in eine Spezialklinik. Sie trug eine neue Frisur, hatte sich ein wenig Weißblond in die Dauerwelle färben lassen. Ich habe dein Notizbüchlein gefunden, wollte er ihr sagen, diesen kleinen Taschenkalender, aber er sagte es nicht, konnte nichts mehr sagen von dem, was er hatte sagen wollen, ich habe das Datum gelesen, zum Beispiel, an dem du dich mit Schlaftabletten hast vergiften wollen, ich spüre noch, wie sich deine Finger in meinem Arm verkrampft haben, kurz bevor ich abflog, voller Freude auf Burgund, ich lachte dort, vor den Fresken der Kathedralen, ich sah überall nur sie, und das warst nicht du, Mena.

Er hörte das Reiben des Pyjamaärmels seines Bettnachbarn und dachte, jetzt wird er sich umdrehen, und bevor sich sein Nachbar umdrehte, hörte er das Abheben der Bettfederung. Als er die Decke zurückschlug und in seine Pantoffel zu schlüpfen sich anschickte, streckte ihm die

Papelhand ein Romanheft so nahe hin, daß der Rand des Papiers an seinen Arm stieß. Ich lese nicht, mag nichts lesen, schrie er, und der Nachbar verzerrte sein Gesicht verständnisvoll. Auf dem Rückweg von der Toilette sah er auf dem Fenstervorsprung die unterbrochenen Linien von Vogeltritten im Schnee. Ich weiß, sagte er sich, daß ich dir Unrecht tue, aber schau, Mena, was du gemacht hast, immer wieder, als wäre sie daran beteiligt gewesen, schau, was sie machen.

Er wurde nur beobachtet, nicht behandelt, am Morgen wurde seine Wolldecke weggezogen, und ein Assistenzarzt oder Oberarzt sah flüchtig auf die Wunde. Aus der Entfernung hörte er einmal die Saalschwester fragen, warum dieser da, also er, eigentlich ein Bett hier besetzt halte. Man bestand auf einem verwertbaren Resultat, auf einer bestimmten feststellbaren Veränderung, seiner Krankheit fehlte noch eine ablesbare Eigenart. Er wartete jeden Tag gegen zehn Uhr vormittag und am Nachmittag zwischen vier und fünf Uhr darauf, daß die Flügeltür aufflog und der Krankenpfleger Bodo hereintänzelte. Bodo wußte über alle Analysenergebnisse Bescheid, er machte sich ein Vergnügen daraus, den Patienten die entscheidenden Nachrichten zu überbringen, nur andeutungsweise, versteht sich, denn offiziell war es Sache der Ärzte in der Visite. Aber Bodo wurde von allen erwartet,

Bodo war der Kumpel, auch er in seinem Eckbett wartete auf niemanden so wie auf ihn und erschrak jedesmal, wenn er wirklich in der Flügeltüre erschien und sich dem Saalende näherte. Bodo hatte ihn aufgeklärt über das Bakterium pallidum, über die drei Stadien, über die hochinfektiösen Papeln, über den Beginn des Haarausfalls, der am Hinterkopf einsetze und nach vorne wandere bis zu den Augenbrauen, durch Bodo wußte er Bescheid über die zuletzt auftretenden Geschwülste, über jede Reaktion der Spirochäten. Eines Tages teilte er ihm mit seinem Routinelächeln mit: positiv, unklar positiv, nach gar nicht so langem Zögern sagte Bodo, man müsse alles noch einmal machen und eine neue Reaktion abwarten, vielleicht auch eine dritte, beim Wassermann wisse man selten gleich Eindeutiges. Man unterzog ihn schließlich einem Nelson-Test, und Bodo riet ihm, sich in Geduld zu fassen, neun Tage müsse er sich gedulden, so lange müsse man das Serum arbeiten lassen in den Ratten, denen man das ihm abgenommene Serum injiziert habe, und nach neun Tagen werde man sehen, ob die Ratten etwas abgekriegt hätten, oder ob sie, die Viecherln, gesund, also normal geblieben seien.

Je schweigsamer der Saal war, desto lauter wirkten die Scherze, die von Zeit zu Zeit hin und her flogen, es waren meist die Alten, die laut wurden, die Stammkunden, die alle Jahre wiederkehrten, für die dieser Saal zum Revier geworden war, sie lachten über einen, weil er seinen Bananenexport in Verruf gebracht habe, ich, sagte ein anderer, hab mit dem Streichholz gespielt und glatt die einzige Eiche angezündet. Und zu jeder Variation des immer gleichen wieherten stets einige in den Betten, auch wenn es eher wie ein Winseln klang, ein Bettdeckengewinsel.

Er lachte nicht bei diesen Witzen, er protestierte nicht, verweigerte nichts, er aß alles, was auf dem Speisewägelchen dahergerollt wurde, widersprach nie und widersetzte sich niemandem, er aß Lauwarmes und Kaltes, ihn irritierten keine halbrohen Erdäpfel, er schämte sich auch nicht, als sie ihn in die Ecke gegenüber, auf die andere Seite des Saales verlegten. Ein Dozent hatte ihn neben dem Schwerkranken entdeckt, hatte den Kopf geschüttelt über die Sorglosigkeit des Personals, das ihn ohne Analysenergebnisse in die Gefahrenzone gebettet hatte, und so lag er nun an einer anderen Wand, aber ohne Nachbarn, der ihm Orangen und Romanhefte herüberreichen wollte, lag neben einem sterilisierten unbenützten Bett und hatte auch nicht mehr das sechsfach geteilte Fenster hinter sich. Er spürte Scham und zugleich die Genugtuung, daß er beachtet und berücksichtigt worden war, daß er also noch ein Teil einer Person war, noch nicht so abgeschrieben, so ausradiert, nicht wie einer im zweiten Stadium.

Acht Tage vor Weihnachten stellten sie am Kopfende des Saales eine Fichte auf, einen fast drei Meter hohen schütteren Baum, und schmückten ihn mit silbernen Kugeln und silbernen Stachelschleifen. Die Ungefährlichen durften in den Festsaal gehen, und so saß er am frühen Nachmittag in seinem Pyjama in einer der oberen Reihen des Hörsaales, an dessen unterem Ende er herumgezeigt worden war. Alle Träger des Einheitspyjamas bekamen ein Programmblatt ausgehändigt, es sangen die Wiener Sängerknaben, jemand las »Das ist die stillste Zeit im Jahr«, der Professor hielt eine Ansprache im Namen der Ersten Universitäts-Hautklinik, zum Schluß ein Passpied nach Telemann und eine Sonate von Corelli für Violine und Klavier. Auf dem Rückweg sah er durch die Gangfensterscheiben den Schneeflaum auf den Ahornbäumen. Er erwartete nicht, daß Mena sich alles vorstellen konnte, wie es nun war auf diesen Korridoren und in dem Bett in der Ecke am Ende des Saales. Es war ein Risiko, zu ihm zu kommen, er begriff erst später, was es für seine Freunde bedeutet hatte, ihn auf eigene Verantwortung und Gefahr in der geschlossenen Abteilung zu besuchen und ihm die Hand hinzustrecken, die er, nicht immer geistesgegenwärtig genug, gedrückt, fast nie zurückgewiesen hatte. Im nachhinein sah er ein, daß es ein mutiger Akt war, seine Wohnung aufzuschließen, auf seine Teppiche zu treten und seine Katze zu füttern.

An einem Montag, zwei Tage vor Heiligabend, stand Bodo an seinem Bett und hielt ihm den Entlassungsschein vors Gesicht, sie ließen ihn frei, ohne Beschränkung, mit der Straßenbahn oder mit dem Taxi, wie immer er es schaffen wollte. Er ging vorbei an den ankommenden Patienten, vorbei an Pflegern und Schwestern, und trat durch den letzten Torbogen hinaus auf das Trottoir der Straße, die er hundertmal allein und mit anderen abgerannt und abgeschlendert hatte, bei heißem staubigem Wetter, bei Glatteis und Novemberregen, er umrundete langsam, fast behutsam die ersten, von Hundepisse gelblich gesprenkelten Schneehaufen, er hörte das Schleifen und Rumpeln der Trambahnen, plötzlich stolzierte er ein paar Meter, dann wieder latschte er gemütlich dahin, machte auch einen Hopser, es war eine der ödesten Straßen, die er kannte. Auf der einen Seite, zur Altstadt hin, die Mauerfront des Krankenhauses, gegenüber ein paar Wohnhäuser ohne Geschäfte, und anschließend die Quadern des Landesgerichtes, des sogenannten Grauen Hauses. Er überquerte die Straße, die Tramhaltestelle war vollgeklebt mit Weihnachtswerbesprüchen, er schlenderte in Richtung Innenstadt, streifte mit den Fingern den Mauerverputz des Grauen Hauses und stieg in die nächste Tram, die zur Reichsbrücke fuhr, er saß unter Menschen, die vor ihm nicht zusammenzuckten, die ihn angenehm gleichgültig anschauten. Durch ein freigehauchtes Guckloch sah er den kleinen verschneiten Park zwischen dem Natur- und dem Kunsthistorischen Museum, den weißangestaubten Rücken der Kaiserin Maria Theresia, Lampengirlanden über den Einkaufsstraßen und auf den Gehsteigen die Menschen in Mänteln und Mützen. Er stieg eine Haltestelle vor der Brücke aus, bummelte kreuz und quer durch die Gassen auf seinen Häuserblock zu, am Meinlgeschäft vorbei, wo Mena fürs lange Wochenende Aufschnitt, Peperoni im Glas und Oliven, französischen Käse und Wein eingekauft hatte, und am Bierlokal, wo die Wirtin ihm ein faschiertes Fleischlaiberl mit den bloßen Fingern über die Schank gereicht hatte. Ich hole, hatte er zu Mena an dem heißen Sonntagnachmittag gesagt, ein Bier, und war mit dem Faschierten und einigen Bierflaschen in Hannas Wagen davongefahren. Die letzten hundert Meter suchte er nach bekannten Gesichtern ab, er riß die Augen auf vor jedem Gesicht, vor jeder Bewegung, nichts und niemand widerte ihn an, kein Doppelkinn, kein Hängehintern, kein Schwammfuß, alles war ihm recht, was sich bewegte, auch der prüfende Blick einer Gemüsefrau. Der Lift gehorchte wie früher auf Knopfdruck, er drehte den Wohnungsschlüssel ein-, zweimal um und stand auf dem Läufer, den er und Mena in Dubrovnik im Regen gekauft hatten, es war warm in der Wohnung, die Luft trokken, und die Katze, die Schorsch und Edi abwechselnd, aber täglich versorgt hatten, sprang ihm auf die Schulter und legte sich über seinen Nacken. Nach einer Weile zog er die Vorhänge auseinander und öffnete die Balkontüre, er ließ die kalte Luft herein, trat hinaus in den Schnee und kniete sich hinein in den Schnee und warf sich den Schnee über den Kopf. Er berührte im Zimmer die Kanten der Bücherwand, die Rükken einiger Bücher, er nahm keine Geräusche wahr, als ob es unten auf der Straße jetzt kurz vor Mittag keine Autos mehr gegeben hätte, er war abgeschirmt, in einem Aussichtsturm. Er hatte eine rosa Narbe, hatte weder Aussatz noch sonst eine Seuche, er rief seine Freunde an. Im Moment waren sie für ihn die ganze Welt, sie mußten sich darüber freuen, daß er entlassen war, losgelassen war auf sie, er hörte ihr nasales Schäkern im Hörer und genoß dieses Schmähtändeln, sie waren in allen wichtigen Fragen eins, waren vor allem von der Notwendigkeit gesellschaftlicher Veränderung überzeugt, denn nur die konnte ihnen selbst, glaubten sie, eine Chance zur Veränderung bringen, vorerst jedoch kam Edi mit einem Suppenhuhn und einer Fünfdeziflasche Weinbrand. Er sah ihn vom neunten Stock aus quer über den Parkplatz durch den Schnee watscheln, auf seine ruhige rudernde Art, das Plastiksackerl am Handgelenk. Nun begann die Zeit des Zusammensitzens und des Pokerns, im kleinen Zimmer, wo am Abend das Radio aus einer Nische des Bücherregals heraus eine gedämpfte Wärme verbreitete, in dem halbdunklen Nähzimmer, in dem nur Menas Maschine von einem Lichtkegel bestrahlt worden war, wo Mena und er, wo sie zusammen auf der Kautsch gelegen und gelesen hatten, während der Plattenspieler auf halber Lautstärke lief, und manchmal waren sie nackt durch die Wohnung gerannt und hatten sich mit Wein besprengt. Es kam ihm nicht in den Sinn, daß Edi Angst haben könnte vor dem Glas, das er ihm hinschob, sie tranken den Weinbrand Schluck für Schluck und mischten die Karten. Dahinein flatterte Menas zweiter Brief, ein rotes Kuvert mit geschnörkelten Goldbuchstaben Buon Natale e Felice Anno Nuovo: Ich wünsche Dir alles Gute, schrieb sie, und er las darüber diese Routine-Anrede, die sich auf seinen Schnurrbart bezog, lieber Schnauz. Zwei Drittel der gefalteten

Karte hatte seine Schwester vollgeschrieben, sie, dachte er, hat Mena überredet, die Karte haben sie gemeinsam arrangiert, er fragte nicht danach, warum Mena bei seiner Schwester war, er hatte von diesem Geschreibsel nichts, er wollte noch immer ihre Haut anfassen, und sonst nichts.

Gegenüber, hinter den Glaswänden der Balkonzimmer, glitzerten die Baumkugeln, er stellte sich Mena vor, jetzt in der Vertrautheit mit einem anderen. Nachts um halb zwei schrillte das Telefon, und er taumelte hin, hörte ein verhaltenes Gelächter und im Hintergrund Tanzmusik. Um drei wiederholte sich der Spuk, auch in den nächsten Nächten fuhr er hoch, wochenlang nachts das Schrillen des Telefons und das verhaltene Gekicher, sein Fluchen, Duarschloch, und Slowfox oder Tango. Er lüftete die Zimmer, er säuberte das Waschbecken, rieb die Badewanne mit dem Meeresschwamm, den sie auf Kalymnos erstanden hatten, er heulte um fünf Uhr früh mit dem Staubsauger durch die Wohnung und lag im Halbschlaf bis in den Mittag hinein.

Es war an einem Samstag gewesen, den er graugelb in Erinnerung behalten hatte, grau wie das Trottoir und die Häusermauern und gelb wie die Oktobersonne, die darauf schien, nicht unschön die Schottengasse, ihm vertraut, sein gewohnter Gang zu den Wiener Öffentlichen Küchen an der Freyung oder in der Kärntnerstraße. Er war verabredet mit Freunden in der Speisenschnellverteilungsstätte WÖK, aß Burenwurst mit Linsen und Knödel, auch ein Mädchen war da, das er nicht kannte, eine Rosmarie, sie waren alle aufgekratzt, Wintersemesterbeginn, die Stadt furios fremd, in jedem Haus alles möglich, nichts überschaubar, draußen der Autogestank und der fast gleichmäßige Motorenlärm, an den Litfaßsäulen Theater- und Kinoprogramme, Konzertplakate. Sie wollten sich, verabredeten sie alle durcheinanderredend, am Abend in Grinzing wieder treffen, bei einem Heurigen. Ohne schon einen Führerschein zu haben, fuhr er mit dem Volkswagen hinaus zum Stadtrand und hockte mit den anderen an einem langen Tisch, im Nebenzimmer wurde an ebensolchen Tischen aus Henkelgläsern Weißwein getrunken, gesungen, gegrölt, Rosmarie hatte ihn weggeschubst, als er an sie herangerückt war mit einem zu jähen Ruck, und ausnahmsweise fühlte er sich nicht gekränkt, er hatte aufgelacht und sein Glas an irgendein anderes Glas gestoßen, so daß das Klirren in seinen Ohren alle anderen Geräusche übertönte, und während er aus dem Glas trank, erblickte er am Tisch gegenüber Mena, von der er noch nicht wußte, daß sie Mena war, er sah, wie sie die Schultern hochzog, wenn sie mit geschlossenen Augen lachte, er sah das wache Beobachten aus den Augenschlitzen, wenn sie den Kopf wieder aufrichtete, und er dachte: Wenn ich jetzt aufstehe und zu ihr hingehe. Und während er dies dachte, sah er, daß er schon aufgestanden war, er stieg auf die Bank hinter seinem Tisch und balancierte hinter den Rücken der anderen vorbei und sprang auf den Boden, machte die paar Schritte bis zu ihr und beugte sich über ihr Gesicht und fragte, ob er für sie ein Lied dürfe spielen lassen. Sie lachte ihn nicht an, sah streng drein mit zwei hauchdünnen Runzeln über der Nase, als sie, ohne zu zögern, sagte: Ja, wenn Sie wollen. Er steckte den Musikern einen großen, von seinem Freund geborgten Geldschein zu, auf daß bis zur Sperrstunde für sie gefiedelt würde, und er merkte nicht, daß es höchstens für zwei oder drei Touristenliedeln reichte, die sie sonst auch zwischen den Tischen gesungen hätten. Aber Mena sagte ihm, daß sie Mena heiße und war ein wenig beiseite gerückt, so daß auch für ihn Platz war.

Am nächsten Tag, einem Sonntag, war er über die Zweierlinie der Straßenbahn gelaufen durch ausgestorbene Straßenfluchten bis zum Künstlerhauskino, und nach Überquerung des Schwarzenbergplatzes war er eingetaucht in die graumausigen Gassen des dritten Bezirkes. Weit nach Mitternacht hatte er Mena mit seinem Volkswagen auf den Kahlenberg hinaufgefahren, ziemlich gerade durch das Schlangenzickzack der Kurven, und die Scheinwerfer leuchteten in den Wald hinein und entblößten für Sekunden einen Stamm. Auf der Rampe der Aussichtswarte hatte er Mena eingefangen, sie auf den Armen die Mauerbrüstung entlang getragen und über der Ausflüglergewichtswaage fallen gelassen.

An jenem Sonntagvormittag, als er quer über die Tramgeleise zum Schwarzenbergplatz gelaufen war, hatte er in der Strohgasse an der Wohnungstür seiner Freunde geläutet, er hatte ihnen nichts erzählt, aber er war in ihrem Zimmer auf und ab gegangen und hatte vor sich hin gelacht, hatte sich über ihre Chemiebücher gebeugt und mit ihnen schließlich etliche Margarine-Brote gegessen zu heißem gezuckertem Tee. Er war mit Mena spät nach Mitternacht, nachdem er sie über der Waage hatte fallen lassen und sie kichernd den sterbenden Schwan gespielt hatte, schnurstracks in die Stadt hinuntergesaust, hatte die Oper mit ihr umkreist und war, über die Ringstraße gasend, durch das sperrangelweite Tor in den Stadtpark hinein zum Johann-Strauß-Denkmal und ohne anzuhalten an dem Ententeich vorbei auf die Brücke und hinüber in den dritten Bezirk gefahren.

Er stahl nicht und tötete nicht, und doch lebte er in der Bereitschaft, in möglichst viele andere

Leben einzudringen, und zwar mit zielgerichteter Gleichgültigkeit. Das Verlieren hatte er sich immer nur wie ein Gewinnen gedacht, ganz anders als jetzt. Irgendein einsamer Idiot hatte unter Hunderttausenden im Telefonbuch ausgerechnet seine Nummer ausgesucht und rief ihn nun jede Nacht nach zwei Uhr mehrmals an, antwortete nicht auf sein Gefluche und auch nicht auf sein zuredendes um Antwort betteln. Er hockte oft auf dem Teppich und hatte das Telefon im Augenwinkel, und als es endlich schrillte, war wieder dieser unbekannte Spinner am anderen Ende und nicht Mena. Ein einziges Mal rief seine jüngere Schwester an, die ihm nichts zu sagen wußte, als daß die Mutter schon so schrullig geworden sei, daß sie eine Schüssel voll Krapfenteig tagelang in ihrem Zimmer vergessen hatte. Er wünschte seiner Mutter am Telefon fröhliche Weihnachten, er fühle sich krank, liege im Bett, sagte er, Mena sei ausgegangen, vielleicht, daß sie allein zu ihr fahren werde.

Nein, er wollte nicht nach Hause fahren, er selbst wäre nicht auf den Gedanken verfallen, seine Mutter anzurufen, er hatte kein Verlangen nach seiner sogenannten Heimat, sie war ihm nicht der geringste Trost.

Nur wenn seine Freunde, Schorsch oder Edi, in die Wohnung kamen, gab es Augenblicke, in denen er sich frei fühlte und sich auf alle möglichen Möglichkeiten freute, so daß er sie aufzuzählen begann und damit prahlte. Meistens spielten sie bis in die Nacht hinein, verbissen oder jubilierend, je nachdem, sein Selbstbewußtsein erholte sich bei vier Neunern, mehr noch an der Art, wie ihn seine Freunde nahmen, er sah ihnen keine Furcht vor ihm an, er bemerkte nicht ein einziges Mal, was ihm Edi später erzählte, daß sie die Türklinke ebenso wie das Bierglas heimlich mit Papiertaschentüchern abwischten, bevor sie hinfaßten. Während sie Karten spielten, wirbelten Schneeflocken vor den Fensterscheiben, und die Zimmerlampe beschien sie auch tagsüber mit gelbem Licht; immer wieder einmal regten sie sich über die politische Lage hier und in der Welt auf, aber sie hatten, sagten sie sich, ein Recht auf Privatleben, im Moment konnten sie nichts ändern, und so genossen sie es, daß sie solidarisch waren mit jeder Art Umwälzung, auch wenn ihr Beitrag zur Veränderung im Moment darin bestand, daß sie sich wohl fühlten. Sie wußten Bescheid über draußen, es schneite, es konnte plötzlich auch alles anders sein, dann wären sie bereit gewesen. Der Ernst des Spiels fraß sie auf, und obwohl es Schorsch und Edi nicht um ein paar Schillinge gehen konnte, spielten sie genauso hartnäckig wie er, der mit Bluffen oder drei Zehnern und zwei Assen die Leber für die Katze und seine

Knorrwürfelsuppe gewinnen wollte, es kam vor, daß sie mit verkniffenem Mund auseinandergingen, das heißt, einer hatte immer zu grinsen.

Weggehen, auf nichts mehr warten, den Wagen verkaufen und endlich weggehen, er erschrak, als ihm dies ebenso selbstverständlich wie notwendig vorkam, denn es war gemütlich im Zimmer, und es war gemütlich, vom neunten Stockwerk auf den schneeüberpolsterten Parkplatz hinunterzuschauen. Für den Silvesterabend hatten sich seine Freunde entschuldigt, nur Edi kam auf einen Sprung am Vormittag vorbei, sie kippten zwei Gläschen, Edi paradierte ihm zu Gefallen ein paarmal vor der Bücherwand auf und ab, schnüffelte wie üblich in Heines Gesamtausgabe, in der zwei Bände fehlten, und bedauerte wie üblich das Fehlen dieser zwei Bände. Plötzlich bemerkte er, daß Edi Konfektionshosen ohne Stulpen trug und wußte erst jetzt, daß er ihn immer nur in Hosen ohne Stulpen gesehen hatte. Als die Lifttür hinter Edi zugeschnappt war, kehrte er in sein Zimmer zurück, verdunkelte das Bad, zog die Gardinen auch vor das Küchenfenster, schob den braunen Baumwollstoff vor die Balkonglaswand, nur im Bücherzimmer, wo Mena genäht hatte, ließ er das Wandfenster frei. Er drückte auf die Taste für das dritte Radioprogramm und wanderte durch die Räume, manchmal stellte er die Weinbrandflasche auf das Fenstersims in der Küche, dann auf den kleinen Wasserbehälter in der Toilette, schließlich fand er sie wieder zwischen Dickens und Doderer auf dem Regal. Das verdunkelte Zimmer im Rücken, stand er lange mit dem Gesicht gegen das Fenster gelehnt, die Knie drückte er gegen die Rippen der Zentralheizung, in immer schnellerer Aufeinanderfolge stiegen Leuchtraketen in den Schneehimmel, und rosablaue Palmwedel zersprühten im Flockenwirbel, knirschend rieb die Flasche über das Fensterglas, er trank auf das Gewesene, nichts konnte und nichts sollte mehr sein wie es war, und plötzlich drang ein Fanfarenstoß aus seiner Brust und schoß quer durch den Kopf, und andere Fanfarenstöße folgten: Ich bin ein Schweinehund, ja, redete er laut ins Zimmer hinein, ein so kleiner und so großer Egoist wie irgendeiner, der lebt, und er prostete sich zu: Du wehleidiger Fleischklumpen, ich oder du, wir waren schon längst nicht mehr verliebt, höchstens in die Verliebtheit, in die Gewohnheit, in die Verwöhntheit, in die Bequemlichkeit, du bist geil auf die Verliebtheit, laß sie doch verliebt sein, deine Seicherlmena.

Er hob die Flasche und feierte seine Hirnfreiheit, er glaubte, alles hinter sich und sich selbst wieder zur Verfügung zu haben, er preßte den Mund auf das Fensterglas und schrie auf die dampfgrau anlaufende Scheibe, ich werde dich nicht zurückholen, ich werde keinen Finger krümmen, ich werde fliegen, allein, ohne dich, du hast nichts kapiert, du hast nicht einmal kapiert, daß du dich selbst hereingelegt hast, du hast nicht uns beide, du hast nur dich, dich allein hast du betrogen und erledigt. Er weinte vor gottverlassenem Glück, und erst gegen Morgen, als kein Neujahrswunsch mehr von irgendeinem Balkon in die Schneeluft hinausgekreischt wurde und keine Leuchtrakete mehr den Himmel anzündete, begann er den schalen Geschmack von allem auf der Zunge zu schmecken, nicht nur den getrunkenen Schnaps, nein, alles, das ganze Zimmer, die Bücher, den Teppich, das Stiegenhaus, die ganze abgetippelte Welt, alles, alles hatte er auf der Zunge und in der Nase, und alles schmeckte und roch nach Erbrochenem. Er schlief vor Erleichterung ein, und seine Freunde waren ihm nicht einmal im Traum mehr eine Hilfe.

Am Morgen fuhr er über die lange Brücke auf die andere Seite des Flusses. Sein Auto zog jenseits der Dammaufschüttung die erste Spur in den Neuschnee, er stellte den Wagen unter ein Erlengebüsch, und als der Kühler daranstieß, plumpste eine Schneehaube auf die Frontscheibe. Hier waren sie gegangen, Mena und er, letztes Jahr, fast auf die Stunde genau, er, der

Mensch der verdammten Wiederholungen, wiederholte trotz allem den Neujahrsspaziergang vom Vorjahr. Sie hatten auf die Trippelspuren der Vögel geschaut und auf den kalt verrauchten Himmel, ja, und im Sommer, vor einigen Monaten also, hatten sie die Gummimatratze am kiesigen Ufer des Panizza-Teiches aufgeblasen und waren über den Schlingpflanzen von einer Seite zur anderen gepaddelt, die vielen Badenden hatten ihn nicht gestört, auch ihre Transistos nicht, es war heiß gewesen, und die Gelsen stachen, langsam waren sie beide barfuß in den Auwald hineingewandert, auf empfindlichen Fußsohlen, in den Bäumen Vögelgeflatter und auf den Lichtungen das Gezirp der Grillen, schon in den Jahren vorher war dies alles für Mena und für ihn der Ersatz für verpaßte südliche Sommer gewesen, das Schlinggewächs, der Efeu, der sich an den Pappeln hinaufrankte, das knietiefe Farnkraut und am Lichtungsrand auch Linden und Roßkastanien, die Sonne fiel grüngefleckt auf den laubigen Weg, sie hatten Bier getrunken aus Flaschen in einer Waldschenke, auf Holzbänken sitzend, und aus einem Kofferradio quäkte die Stimme eines Sportreporters, der ein Fußballmatch kommentierte. Hier hatte er an einem Wochentag auch mit Hanna gesessen und sie aufmerksam gemacht auf den zimtroten Bauch eines Baumläufers.

Mit dem Spann des Fußes schob er den flaumigen Schnee vor sich her, stapfte vorsichtig über die Eisfläche des Teiches, wollte von einem Ufer zum anderen, auf jede Gefahr hin. Er hatte zuvor den Schienenstrang überquert, er war zwischen den Schwellen bis zu den Knien im Schnee eingesunken. Oft waren Mena und er, vor allem im Winter und im Frühling, den Schienenstrang entlangmarschiert und hatten dabei ihre Schritte so abgestimmt, daß sie nie auf den groben Schotter zwischen den Schwellen abrutschten, sondern immer die nächste teergetränkte Planke erreichten. Der Himmel war heute blau, und die Sonne dehnte die weiße Decke des Teiches ins Vielfache aus, bis über die zugepolsterten Sträucher hinweg. Er hätte sich hier unbemerkt verlieren können, er hätte einen Luftsprung machen können, mit aller Kraft hätte er in die Höhe schnellen und mit dem ganzen Gewicht auf die Eisfläche auftrampeln müssen, aber er machte keinen Luftsprung, sprang nicht einen einzigen Zentimeter in die Höhe und stampfte nicht ein einziges Mal ernsthaft mit dem Fuß auf, er schob sich Schritt für Schritt, fast tastend, bis ans andere Ufer. Weggehen, ich fahre weg, er schritt schneller aus unter den Pappeln, von denen Schneestricke bis zum Boden hingen, alles war weiter, auch endloser geworden. Er hätte es Mena gerne gesagt.

Schon am nächsten Tag, einem Freitag, zwischen Neujahr und Sonntag, saß er im Schallplattenraum des amerikanischen Konsulats und hörte sich aus Kopfhörern Gershwin an, später sprach er mit einem älteren Fräulein im Auswanderungsbüro und ging mit Prospekten und Formularen heim, war unterrichtet darüber, daß er kein vorbestrafter Schwerverbrecher, kein Geschlechtskranker und kein Kommunist sein durfte, wenn er seinen Fuß je in Mark Twains Land der unbegrenzten Möglichkeiten setzen wollte. Er stellte sich in den Windschutz der Straßenbahnhaltestelle vor der Oper und betrachtete, wie immer, wenn er hier auf die Tram wartete, das gefärbte Reklamebild eines Fotoateliers, zum letztenmal, hoffte er und drehte die Formulare zu einer Rolle, er hatte immerhin bei klirrendem Frost den Anfang gemacht. Auf der rückwärtigen Plattform der Tram stehend, eine Hand in der Lederschlaufe, fing er an, die Hausfassaden, die Hausecken sich einzuprägen, die Alleebäume, die Roßkastanien, die Anschlagesäulen; in den folgenden Tagen lernte er schnell und immer besser, alles oder einzelnes wie zum letztenmal zu sehen. Dennoch wußte er, daß er zurückkommen würde, und ließ sich alles offen, am liebsten hätte er auch die Wohnungstür nicht abgesperrt. Jetzt, sagte er sich, wenn er, wie es häufiger vorkam, frühzeitig aufwachte, jetzt kann wieder alles geschehen, alles passieren. Es war wie ein Erwachen aus einer Schlafkrankheit, alles war möglich: nicht mehr zurückzukommen oder den Rückflugtermin der Chartergesellschaft genau einzuhalten. An seinen Rückflugtermin dachte er nur, wenn er mit Schorsch und Edi zusammenhockte.

Aber von Tag zu Tag mehr wurde das, was er beschlossen hatte, und das, was er dazu unternahm, zum Selbstverständlichen, nichts war natürlicher als die Trennung, und es gab einen Grund zu hoffen in der Entfernung, lontano, sagte er, hinter mir ist Ferne und vor mir ist Ferne, ich freue mich, weil ich mich freuen muß.

Ein dritter Brief, den Mena schickte, warf ihn zurück in das Wiederhabenwollen, ein sehr selbstsicherer Brief, in dem sie ihn nicht mehr mit dem Schnurrbartnamen ansprach, hoffentlich, schrieb sie, bist Du nicht mehr im Spital und es geht Dir gut. Sie bat ihn, gleich seiner Mutter zu schreiben, daß sie, Mena, heil bei ihm angekommen sei, ja, am Weihnachtstag habe sie seine Mutter besucht. Zu Neujahr war ich in München, schrieb sie, mir geht's sehr gut, habe auch schon etwas zugenommen, das heißt, ich wiege vierundfünfzig Kilo, Du brauchst Dich nicht im geringsten um mich zu sorgen, und schreib mir, wenn Du vielleicht ein Resultat von Deinen Ärzten hast.

Sie hatten sich darauf geeinigt, seine Mutter im guten Glauben zu lassen, ihr wollten sie nicht weh tun. Und doch brachte ihn Menas Brief wieder durcheinander, er vermochte nicht zu fassen, daß sie ihm wie irgendeinem anderen Neuigkeiten mitteilte. Der selbstsichere Plauderton kam ihm vor wie ein Lossagen von der gemeinsamen Vergangenheit, er fragte sich, was daran auszusetzen sei, was er an ihrer Selbstsicherheit auszusetzen hätte, und er antwortete sich: nichts, absolut nichts, und war davon verstört, weil er ihr recht geben mußte und doch noch bei ihr sein wollte, auch wenn sie schon ganz woanders war.

Vergessen Sie das alles, Sie haben nichts, absolut nichts, sagten sie ihm bei der letzten offiziellen Kontrolle in der Klinik. In der Tram hatte er die angeklebten Aufrufe an die Arbeitslosen gelesen, sich zum Schneeschaufeln zu melden, er brauchte Geld, zuletzt hatte er als freier Journalist gearbeitet, als freier Mitarbeiter einer Zeitung. Er wurde nicht entbehrt, und doch überkam ihn ein lähmendes Gefühl, wenn er nur daran dachte, wie er täglich aus dem Lift herausgetreten und über den Gang geschlichen war, ein Dieb, der sich Tag für Tag unter die festangestellten Profis gemischt hatte, immer inkompetent, immer uninteressiert an den Geschichten, die er ausschnüffeln sollte, er hatte sich an eine freistehende Schreibmaschine herangemacht und seine Storyzeilen zusammengemogelt. Er war ein perfekter Grüßer, er nickte und grüßte, er wußte, daß ihn keiner als Konkurrenten ansah, die besten Kontakte hatte er auf bedeutungslosen Pressekonferenzen geknüpft, wenn sich die Adabeis mit Aperitifs benebelten, und nicht anders war es auf den Redaktionsparties. In den Monaten vor Menas Auszug war es ihm zunehmend schwerer gefallen, irgendeiner Geschichte, deren Wichtigkeit er erst erfinden mußte, nachzuhecheln, mit den Leuten zu reden, deren Pleite feststand, und sich von den Pleitegeiern gnädig einen Whisky eingießen zu lassen. Und zunehmend war es für ihn immer selbstverständlicher geworden, daß er mitten in einem Demonstrationszug marschierte und Slogans schrie, statt mit anderen Journalisten auf der Operntreppe mit Notizblock und Kugelschreiber zu stehen und festzuhalten, warum es angeblich notwendig war, daß die Polizei mit Knüppeln und Tränengas eingriff. Es muß sich was ändern, hatte er zu Mena gesagt, und war am Nachmittag nicht mehr in die Redaktion gefahren, sondern hatte sich mit den Freunden am Schillerplatz getroffen, während sie zu Hause das Kleid nähte für eine füllige Kundin.

Er mußte ernstlich an Geld denken, nachdem er am Morgen seine letzten Schillinge auf den Obst- und Gemischtwarenmarkt getragen hatte. Er ging zur Arbeitsvermittlung, aber als er vor dem Schalter stand, las er auf dem Anschlagezettel neben der Schalteröffnung, daß für eine Arbeitsvermittlung die Gebühr von zehn Schillingen zu entrichten sei, also drehte er sich um und ging, fast glücklich darüber, daß er die zehn Schillinge nicht hatte. Darin waren Mena und er immer einig gewesen, daß Geld für sie nur zum Essen und Trinken und zum Reisen wichtig war, sie hatten ihren Koffer an einem Sonntagvormittag durch halb Paris geschleppt, weil sie außer den Rückfahrkarten nicht einmal genug Münzen für die Metro hatten. Den Nachmittag brachten sie im Wartesaal zu mit der Bewachung des Koffers, der Koffer zwang sie, nacheinander und nie gemeinsam die Häuserblöcke um den Bahnhof zu umrunden, was sie noch am Abend, als der Zug abfuhr, so zum Lachen reizte, daß er lange Zeit nicht imstande war, den Koffer ins Gepäcknetz hinaufzustemmen. Und dies alles nun weggewischt, vergessen, ausgelöscht. In Wutanfällen schrie er ihr noch immer Vorwurfslitaneien ins ungewisse nach. Ja, ich habe Hanna geliebt und ich habe Ursula geliebt und ich habe mit Irmgard geschlafen, und wie ist es mit dir, Heilige? Er verkaufte einen Akt, den einer seiner

Freunde gemalt und ihm geschenkt hatte, und überquerte mit zweitausend Schillingen den vereisten Schneebelag des Schillerplatzes. Er wollte sich berühren lassen, ganz gleich, ob dieses Mädchen, das ihn berühren würde, quallig oder spindeldürr war. In der Mensa der Akademie trank er einige Flaschen Bier, auf den Tischen standen leere Flaschen herum, der oft so laute, überfüllte Saal war heute fast leer, nur da und dort hockte jemand an einem Tisch. In Abständen ging ein Flügel der Tür auf und zu, Gesichter kamen und verschwanden, an seinem Tisch blieb er nicht allein, zwei Mädchen setzten sich ans andere Ende, und obwohl er sich nicht mehr erinnern konnte, wie er mit ihnen zu reden angefangen hatte, wußte er noch, daß er gedacht hatte: sie ist es, aber sie interessiert mich nicht, weder ihr Äußeres noch ihr Inneres, Fleisch, Haare, Brille, nein, nicht ganz so, sie hatte gewelltes schwarzes Haar, halblang, beinahe lockig, sie schien neugierig zu sein, er sah auf ihre großen kurzsichtigen Augen. Sie trank in langsamen Schlucken Tee, er hatte ihre kurzen Fingernägel gesehen, als sie den papierenen Teebeutel aus ihrer Tasse fischte. Mehr als ihr Gesicht blieben ihm die vielen leeren Tische in Erinnerung, pausenlos hatte er auf sie und ihre Freundin eingeredet und von allem möglichen gesprochen, vom Stundenlohn der Schneeschaufler und von John

Steinbecks Tortilla Flat, von Flugpreisen und eigentlich von allem, alles ist Politik, hatte er gesagt und auf stichhaltige Zweifel gehofft, die die seinen, die er allerdings nicht für stichhaltig hielt, hätten bestärken können. Vielleicht trug sie hellblaue Jeans und eine mantellange Strickweste. Er roch nicht ihren Atem, auch nicht in dem Weinkeller, in dem sie ihm sagte, daß sie sich noch bei keinem Fremden so wohl gefühlt habe wie bei ihm. Er sog das Gemisch aus Moder und Ziegelnässe, Weindunst und Zigarettenschmauch ein, es reizte ihn, mit den Fingernägeln an den Mauern zu kratzen, zwei Stockwerke unter dem Asphalt. Er scharrte mit einer Schuhspitze über die glitschige Kellererde und neigte ihr die Stirn zu, und indem er die Unterlippe über die Oberlippe stülpte und gleichzeitig die Wangen zu einem Lachen breitzog und seine Augen zusammenkniff, konnte es hier zwischen den nassen Trägersäulen und dem auf ihrem Tischchen flackernden Kerzenlicht so scheinen, als sei er glücklich und traurig zugleich, jedenfalls sagte er kein einziges Wort.

Durch das Einbahnnetz gelangten sie über den Donaukanal und über den Praterstern zu seinem Häuserblock und in den neunten Stock. Sie setzte ihre Winterschuhe auf den mazedonischen Läufer, und er streichelte ihr Haar und hakelte ihre Brille ab. Auf dem straffgepolsterten

Klappbett berührte er ihre bleiche Haut wie ein vorsichtiger Chirurg, er wollte sie nicht verletzen, sie war keineswegs erschrocken, aber auch nicht raffiniert, und doch war sie viel stärker als er, sie durchschaute ihn und lief nicht davon, er verlor seine Verkopftheit und wurde skrupellos wie ein Komplize, zusammengebuckelt kniete er über ihr auf diesem blauen Bett, zeitweilig drückte seine Stirn gegen ihren Cowboyhut, sie war dahergekommen mit dieser schwarzweißgefleckten Kuhhaut auf dem Kopf, und er hatte sie, während sie aus der Strumpfhose schlüpfte, gebeten, den Cowboyhut nicht abzunehmen. Später lag er mit einer Schläfe auf ihrem weichen Bauch, und sie verstand nicht gleich, was er in ihr Fleisch hineinnuschelte, erst allmählich spürte er an der Arbeit ihrer Fingernägel, die sich in seine Haare krallten bis zur Kopfhaut durch, daß sie den Abflugtermin verstanden hatte, die genaue Uhrzeit seines Abfluges, sie riß an seinen Schläfenhaaren, und er versuchte sie zu beruhigen mit sanft streichender Zunge, Krista, sagte er und nannte ihr auf die Minute die Ankunftszeit in New York.

Er hätte schon einen Flug für die übernächste Woche haben können, einen Charterflug, dreißig Schneeschauflernächte bei Hunger und Durst und du kannst über das Große Wasser fliegen, verschnürt mit Sicherheitsgurten und verwöhnt mit vorgekochten Fleischhappen und Fruchtsaft. Ihn erregte die Schnelligkeit, mit der er seine Nacht- und Straßenträume wahr machen konnte, und doch suchte er unwillkürlich nach Bremsmechanismen, er konzentrierte sich auf Verzögerungsgründe, auf Möglichkeiten, das eine vor sich und das andere hinter sich noch immer haben zu können. Er schickte sogar diesen einzigen Brief an Mena, schrieb, daß er der Mutter geschrieben habe, daß sie, Mena, wohlbehalten bei ihm eingetroffen sei, er genoß es, diese mit ihr vereinbarte Lüge hervorzuheben. Es war ein ausgeklügelt sachlicher Brief, dessen Unterton sie anrühren sollte. Er sei aus dem Spital entlassen, habe nichts gehabt, nichts von dem verschiedentlich Befürchteten. Das ist das eine, schrieb er, das andere ist, daß ich nach Amerika fliege. Diesen Brief kopierte er für sich, und er war nicht einmal sicher, ob es gut war, das Geschriebene abzusenden.

Er goß von Zeit zu Zeit eine Tasse Tee in den Topf des Gummibaumes, und wenn es auf seinen Speichel angekommen wäre, hätte er die Sanseverien zu Tode gespuckt. Zwischendurch war er selbst wie begossen von dem Gefühl, verlassen zu sein, praktisch vogelfrei, er lief herum, sich anzubieten. Wenn er sich nicht mit Krista traf oder mit Edi und Schorsch, stand er in Kellern herum, am Rande der spiegelnden

Tanzfläche, unter zuckenden Regenbogenspots, ringsum hockten oder lehnten Paare und einzelne, kaum auszumachen, an den Wänden. Über dem Tanzpodium blitzte es gelbrotblau, man tanzte um den anderen oder vor den anderen, vergaß ihn oder tanzte seine Gefühle für ihn heraus; er fand keinen Sinn darin, jemanden anzusprechen, und so tanzte er manchmal allein und wie wild am Rande der Plattform.

In seiner Wohnung wanderte er über die Parkettbrettchen, über die sich verfilzenden Teppiche, er ließ sich von Krista berühren und behielt eine glatte Haut, er hätte sogar liebenswert sein können, aber sein Blick war nicht harmlos genug.

Der Wagen war verkauft, das Geld lag auf dem Konto, auf seinem und ihrem Namen. Ich freue mich, daß Du Dich entschlossen hast, bitte, verstehe mich richtig, antwortete Mena auf seinen Brief, ich freue mich, weil Du etwas ganz Neues erleben wirst, und ein wenig macht es mich traurig, daß ich es nicht miterleben kann, doch wer weiß, vielleicht komme ich nach, nur jetzt ist es nicht möglich, auch wenn ich wollte, könnte ich jetzt nicht mit Dir fliegen, aber Du wirst mir einmal davon erzählen, denn ich denke nicht, daß Du mit dem Gedanken wegfährst, nicht mehr zu kommen. Und er dachte, ich fliege, und du fliegst nicht.

Es mußte in diesen Tagen gewesen sein, früh am Abend, Krista war bei ihm, sie lagen auf dem Klappbett, als es an der Wohnungstür läutete. Er holte den Schlafmantel aus dem Bad, schlappte in den Vorraum und nahm durch den Türspalt einen Eilbrief entgegen. Im Zimmer streifte er den Mantel ab und legte sich wieder auf das Bett. Das Kuvert war mit drei Sondermarken der Alpinen Skiweltmeisterschaften in Gröden frankiert, er betrachtete die in helldunklem Blau und eingesprengtem Rot stilisiert dargestellten Dolomiten und ließ sich und Krista Zeit, ehe er mit dem Zeigefinger den Brief aufschlitzte. Sei mir nicht böse, schrieb seine Schwester, wenn ich Dir erst jetzt schreibe, aber leider hat das Jahr ziemlich schlecht angefangen. Mama ist schon vier Wochen im Spital, zuerst mit Lungenentzündung und dann mit Rippenfellentzündung, das heißt, mit beidem zugleich, sie hat das alles überstanden, jetzt ist jedoch etwas Schlimmeres dazugekommen, man hat sie von der Medizinischen in die Chirurgische verlegt, wahrscheinlich wird sie operiert, auch wenn ohne Aussicht auf Besserung, also glaube ich, es ist besser, Du kommst auf einen Sprung zu ihr. Sie ist schon sehr mager, achtunddreißig Kilo, momentan wird sie mit Flebo behandelt, also schau, wie und wann Du kommen kannst.

Als Krista gegangen war, versuchte er, auf den

Sondermarken die Randschrift zu entziffern, die von zwei Stempeln überdeckt war, Campionati del Mondo Alpino, zwischen dem Absenderstempel und dem Ankunftsstempel waren ein Tag und vier Stunden vergangen. Er hätte nicht sagen können, warum, aber er sah seine Mutter ohne Humpelschritt vor sich, kurz vor der Hauptbrücke des Flusses, wie sie ihm, der in Sandalen nach der Aufnahmeprüfung ins Gymnasium heimwärtsschlappelte, unerwartet zwischen den drängelnden Menschen auf dem Trottoir entgegenkam, schon von weitem sah er, daß ihn auch seine Mutter sah, und mitten unter den vielen, in beide Richtungen drängenden fremden Menschen, hörte er sie fragen: Ist es gutgegangen?

Als er zum erstenmal mit Mena in seine Geburtsstadt gekommen war, um Mena herzuzeigen und ihr seine Heimat zu zeigen, diese giftbesprühte zweisprachige Äpfel- und Weingegend, wohnte seine jüngere Schwester mit ihrer Familie und der Mutter in einem kleinen gemieteten Haus, nicht weit vom Fluß und der Eisenbahnbrücke, an der sich, wenn die Schranken niedergingen, mehrmals am Tage der Verkehr staute. Seine Mutter, die damals schon alles anlächelte, was er anlächelte, war auf Mena zugehinkt und hatte einen Arm um ihren Hals gelegt und den Kopf zu ihrem Gesicht heruntergezogen. Sie bewegte sich geschickt nur noch mit dieser einen Krücke unter der rechten Achselhöhle. Er fühlte sich so sehr angekommen daheim, daß er Maurizio, den Mann seiner Schwester, in dessen eigener Wohnung wie einen Gast behandelte, er war froh, daß seine Mutter, die in einer Gehschule hatte wieder gehen lernen müssen, so munter mit einer einzigen Krücke auskam, aber er hätte sie auch getätschelt, wenn sie auf zwei Krücken auf ihn zugekommen wäre, und auch Mena mußte sich nicht verstellen. Sie saßen um den Tisch in der Wohnküchenecke und wickelten Spaghetti auf die Gabeln, Maurizio rieb Parmesankäse und rief von Zeit zu Zeit in seinem paduanischen Dialekt, manja manja und bevvi bevvi, und immer wieder füllte er die Gläser mit Wein nach. Die Mutter beobachtete alles mit vergnügten Augen. Es war leicht, mit ihr, und es war leicht, mit Mena auszukommen. Mena nähte ihr eine Schürze und später zu jedem Besuch ein Kleid, er kaufte Bonbonnieren. Er glaube, sagte er zu Mena, seine Mutter spüre, daß sie wie etwas Unwichtiges geliebt werde und deshalb wichtig sei. Er winkelte seinen Arm, und seine Mutter hängte ihre Hand in diese Schlaufe, er spazierte mit ihr und Mena zur Passerpromenade, sie gingen der sprudeligen Strömung entgegen, die linke Uferseite aufwärts, am Postamt vorbei und über die Kreuzung, mitten durch Urlauberpaare und Urlaubergruppen hindurch, die pietätvoll sich teilten. Die Mutter trug ein Wollkleid, das Mena geschneidert hatte, er genierte sich vor diesen fremden Leuten, genierte sich neben dem Zufriedenheitsgesicht seiner Mutter, genierte sich wegen dieses kurzbeinigen Gehschritts, der ihm abverlangt wurde. Er kannte kaum jemanden in seiner Geburtsstadt, in der er immer nur zu Besuch war seiner Mutter wegen, und trotzdem konnte er keinen Schritt tun, ohne diesen Schritt wie fotografiert und sich selbst von allen Seiten beobachtet zu fühlen. Seine Mutter redete zu ihm, zu seinem Gesicht herauf, er sah ihren verschmitzten Blick, sie schaute ihn fast kokett oder zumindest übermütig an, als wollte sie sagen: wir zwei sind ein schönes Paar, und er zerrte sie mehr voran, als daß er mit ihr irgend etwas gemeinsam gedacht, gesehen oder gesprochen hätte, er zerrte sie zum Ende des Spazierganges hin, sein Besuch mußte erledigt werden, und so bemühte er sich um einen gelassenen Schritt, und sie versuchte, ebenso vergeblich, ihren Humpelschritt seiner nervösen Gangart anzupassen.

Speck oder Kuchen? fragte er, magst du eine Schwarzwälderschnitte? fragte Mena seine Mutter, oder ein Stück von der Nußtorte oder eine Cremeschnitte? Er suchte immer einen Fensterplatz aus, am liebsten fuhr er in Richtung Fragsburg und parkte auf halbem Wege vor einer Jausenstation mit Holzveranda, er stellte den Wagen unter einen Baum, und die Mutter ließ sich schelmisch zwinkernd aus dem Autofond ziehen, gerne hakte sie sich bei Mena ein, er ging in einigem Abstand daneben her oder verkürzte seine Schritte und scharrte hinter ihnen im Kies. Über der Stadt brütete die Sommerhitze, er freute sich auf fast alles, was hier nicht sein konnte, vor allem auf den Abend, den Mena und er wieder in Stefans Glasveranda verbringen würden. Er starrte durch das Fensterglas hinunter auf die Stadt, von der er nur die Ränder sehen konnte, Neubauten, Reihenhäuser, immer flacher werdende blaßrote Dächer. Seine Mutter liebte Erdbeerschnitten mit Schlagobers oder Cremetorte, aber sie ließen auch eine Speckplatte auftragen und dazu roten Küchelberger, und je mehr er trank, desto bereitwilliger wurde er, seine Mutter in die Welt einzubeziehen, aus der er sie schon immer ausgeschlossen hatte, er schwärmte ihr von den Edelkastanien vor und den Nußbäumen, die er pflanzen würde rund um das Haus, das er kaufen wollte auf einem Hügel, wo sie würde schalten und walten können nach ihrem Herzen. Es war dann, als hätten sie dies schon alles, und sie kamen auf den toten Vater zu sprechen und redeten von ihm, als hätten sie ihm Haus und Hügel auf irgendeine

Weise vorenthalten, als hätte er erst jetzt mit ihnen ein erträgliches Leben leben können, bei Speck und Wein und Cremeschnitten. Da wurde ihm die Mutter fast wieder vertraut, fast wie sein Freund unten in der Glasveranda, und Mena plauderte und tratschte mit ihr in dem ihr fremden Dialekt, sie tat so, als sei seine Sprache ihre Sprache, und er hörte jeden falschen Ton, jeden falsch herausgekehlten Konsonanten und sagte Mena nichts davon, sagte ihr nicht, daß sich alles so anhörte, als wollte sie die Mutter und ihn ausspötteln mit dieser Hemdsärmelsprache.

Sei mir nicht böse, schrieb seine Schwester, wenn ich Dir erst jetzt schreibe, aber leider. Mit dem Handrücken streifte er an der Wand entlang, und in der Küche hob er den Deckel eines Steinguttiegels und sog den Duft der Gewürznelken ein. Seine Schwester schrieb: Es ist besser, Du kommst auf einen Sprung, und er telegrafierte: Ich komme. Für den Abend erwartete er Schorsch und Edi, und am nächsten Tag wollte er sich die Avantgarde-Retrospektive ansehen, die nur mehr ein paar Tage gezeigt wurde. Er mußte auf die Ausstellung verzichten, aber er sah sich mit seinen Freunden einen Bergman-Film an und ließ sich von Schorsch zum Mitternachtszug bringen. Und so war er in die Stadt zurückgefahren, in der seine Mutter ihm dieses Leben vermacht und er ihr eine schönere Zukunft vorgemacht hatte. Er ging durch das Tor, durch das sie ihn drei Tage nach seiner Geburt hinausgetragen hatte, er ging über den neuaufgeworfenen Kies, vorbei an den noch unbepflanzten Blumenbeeten, es war Anfang Februar.

Die Glastüren des Hauptgebäudes öffneten sich vor ihm, und er stieg durch das Duftgemisch von Desinfektions- und Betäubungsmitteln hinauf über die Steintreppen zur Chirurgie, er suchte in den weißen Korridoren nach der Nummer ihres Zimmers und öffnete die Tür Nr. 8, die Polstertür rechts vor der Geburtenabteilung. Er spürte keine Verlegenheit, als er das schmale Zimmer mit drei Betten auf der einen Seite und der nackten Wand auf der anderen betrat. Er ließ sich von der hochgehobenen Hand der Mutter herunterziehen und berührte mit seinen Lippen einige Stellen an ihrem Kopf, ihre Wangen, die Stirn, bestimmt nicht ihren Mund. Mit ihrer knochigen kleinen Hand hielt sie ihn fest, es war wohl die rechte, deren Gelenk schon immer steif gewesen war, seit sie damit, wie sie öfters erzählt hatte, auf dem Lagerplatz ihres Vaters, eines Holz- und Viehhändlers, als Kind beim Spielen unter einen rollenden Baumstamm geraten war. Er nahm diese Hand sehr behutsam, umschloß sie leicht mit beiden Händen, so daß die Finger in dieser Höhle zu krabbeln anfingen, während er auf das Gesicht der Mutter hinunterschaute, später rieb er über die schrundige Haut ihrer Hand, ich fliege nach Amerika, gleich hatte er es ihr wohl nicht gesagt. Ihr Bett war das erste rechts hinter der Tür, auch sie lag in einer Ecke, zu ihrer Linken hatte sie ein Waschbecken und darüber einen Spiegel, er sah sehr oft in diesen Spiegel, während er auf der anderen Seite ihres Bettes stand, sah das Fenster in seinem Rücken am Ende des Zimmers und davor die Hälfte einer blattlosen Baumkrone. Das obere Leintuch, das die Mutter über die Bettdecke geschlagen hatte, war zerknittert, er starrte auf einen länglichen gelbroten Fleck, einen Spaghettifleck. Er hatte seine Hand in ihrer Hand ruhen lassen und eigentlich nichts wahrnehmen wollen, er hatte es für sinnlos gehalten, ihr zu erzählen, wie für ihn ein Tag jetzt ablief, nichts von Menas Weggehen hatte er gesagt, nichts von der Hautklinik, er erzählte ihr von seiner Katze, die den Besuchern, kaum seien sie hinter der Wohnungstür, ins Genick springe, und lachte mit ihr über den Schrecken der Besucher.

Das Zimmer war mit einem ölig glänzenden Weiß ausgepinselt, ihm wurde die weiße Wandfarbe bewußt, als er eine Hand auf die mattgrüne Kunstfaserplatte ihres Bettkästchens abstützte. Ich habe Menas Gefühle abgeschabt wie auf einem Reibeisen, dachte er und schaute auf das

Nachbarbett, ich habe alles zerkleinert, alles immer kleiner gemacht. Das Bett neben Mutters Bett war leer, nur in der Ecke zum Fenster stand ein Paravent, eine zusammenschiebbare Plastikwand, die Mutters einzige Zimmergenossin vor Blicken schützte. Die erlebt nicht mehr den Sommer, flüsterte die Mutter in sein heruntergebeugtes Ohr, siebzig, sagte sie, und er dachte, sie, meine Mutter, ist zwei Jahre älter.

Sie lag in einem Sterbezimmer, das wußte er von Anfang an, im Sterbezimmer der Frauenklinik, unmittelbar vor dem Eingang der Geburtenabteilung. Aber sie fühlte sich gut aufgehoben und redete mit ihm wie eine, die eine schöne Gelegenheit zum Plaudern nutzte, und er verhielt sich ebenso, als hätten sie einen netten Anlaß, zusammen zu sein, und er mußte sich nicht verstellen. Sie sagte nicht, bleib, nein, sie freute sich, daß er endlich die Courage hatte, in dieses Glücksland hinüberzufliegen, er stellte seine Reise als Dienstreise dar, mit journalistischem Auftrag, und sie meinte, daß alles, was er auf dieser Reise schreibe, Gold bringen müsse, es war leicht, sie daran glauben zu machen. Sie, seine Mutter, hatte ihn fortgeschickt, damit er ihr dieses Haus in Hanglage oder am Berg brachte. Ich bin immer aufs neue vor dem Fenster gestanden, sagte er sich später, oder habe in den Spiegel geschaut und habe im Fenster und auch im Spiegel die kahlen Äste einer Linde gesehen. Er ging immer wieder zu diesem Fenster, und hinter den Krankenhausmauern hörte er das Vorbeiflitzen der Autos. Ich wollte, sagte er sich, daß die Mutter mich beruhigte. Wenn er von ihr wegging, sollte sie ihm Mut machen zu seiner Reise. Er traf auf dem Flur einen Schulfreund, der Assistenzarzt des Primars geworden und daher auch turnusmäßig für die Mutter zuständig war, er sah auf die Schuhkappen seines Schulfreundes hinunter, Operationssaalschuhe, die weißer waren als die Gangwände, und hörte sich fragen, wie lange sie noch leben könne, und er hörte den Schulfreund antworten: acht Monate oder auch länger, bei älteren Jahrgängen weiß man nie. In acht Monaten wollte er zurück sein, er hatte dem Schulfreund von dem Flugticket erzählt, sie sprachen nicht von anderen Angelegenheiten, aber er sah es dem vorgestülpten Mund und den blinzeligen Augen des Schulfreundes an, daß der ihn lieber gefragt hätte, was er denn so treibe, und überhaupt. Er streifte mit der grüßend vorgestreckten Hand den Arztmantel des davoneilenden Freundes, der es gerade noch schaffte, durch die zuschnappenden Türflügel des Personalaufzuges zu springen, nachdem er ihm Glück gewünscht hatte zu seiner Reise. Du kannst nichts aufhalten, hatte er gedacht, dachte er noch immer, nichts kannst du aufhalten mit deinem

Herumstehen, er sagte es sich, als habe es ihm sein Arztfreund gesagt.

Anderes als ihre Geräusche hörte seine Mutter nicht mehr gut, daher nickte sie häufig zustimmend oder vielsagend, als wüßte sie noch mehr und hätte alles durchschaut. Sie hörte ihm zu wie einem unverbesserlichen Lausbuben, er habe es, sagte sie, noch immer faustdick hinter den Ohren. Ihn wunderte, daß sie ihm nicht mißtraute, auch seiner Schwester nicht wirklich mißtraute, mitten in ihren bedrohlichen Geräuschen mußte sie ein Doppelleben geführt haben, das Doppelleben einer Einsichtigen, die umgeben war von den unverständigen Gesichtern ihrer Kinder, und doch hatte ihre Affenzärtlichkeit alles überstanden. Es waren immer die anderen schuld, wenn etwas mit ihm oder mit seiner Schwester gewesen war, immer waren die anderen schuld, entweder hatte es der Lehrer mit ihnen, weil sie nicht vom Ort waren, oder er war ein Nazi, auch die Lehrerin war eine Nazi gewesen, als er das Teilen, das Dividieren nicht kapiert hatte.

Ich frage mich, sagte er sich später, ob es richtig war, von meiner Mutter wegzugehen, die Türe zu schließen und über den Gang zum Lift zu gehen, sie ihrem Ende zu überlassen und wegzugehen, um zum nächsten Zug zu kommen. Sie sprachen über den zweiten Zahn ihres Enkels, des Sohnes seiner jüngeren Schwester, er kratzte und kitzelte ihre Handfläche, wenn sie seine Finger zu fangen versuchte, ohne daß sie es merkte. Wenn er zum Telefon ginge, sagte er ihr, oder, wenn es geschellt habe, zur Tür, sei es meistens eine Kundin, die mit Mena sprechen wolle, oder zu Mena komme, Mena wisse zur Zeit nicht ein noch aus vor Arbeit, aber sie werde sie besuchen kommen, wenn er fort sei, und sie werde auf sie aufpassen, weißt du, sagte er ihr, sie wird mich auf dem laufenden halten, denn Mena hat, wenn sie will, trotz allem für alles Zeit. Weißt du noch, erinnerte er sie an das Gekicher und zunehmend lauter werdende Gelächter, in das Mena und er in einer Wallfahrtskirche ausgebrochen waren, draußen die Julihitze und die Grashüpfer zwischen und auf den Gräbern, drinnen die ausgelöschten Kerzen, die marmorne Kommunionsbank und in der Kniebank dahinter die Mutter, stehend, etwas schief, halbtaub schon seit einiger Zeit, ohne Augen für Mena und ihn, die neben ihr sitzend auf das Ende des mütterlichen Murmelns warteten, bis sie nur mehr dieses Murmeln hörten in der abgestandenen Stille und hinausgelaufen waren. Draußen hätten sie mit der Hand vor dem Mund über den Gräbern gelacht, ohne zu wissen, warum, außer daß die Stille sie fassungslos gemacht hatte, erzählte er. Die Mutter erinnerte sich nicht mehr daran, hier im Spital, sie nickte aber gutgläubig mit dem

Kopf und lächelte, es gefiel ihr, wenn er starke Stücke erzählte.

Sie bat ihn, am nächsten Tag wiederzukommen und am übernächsten auch, die meiste Zeit wußte er nicht, was reden, sie verstand ihn nicht, als er sie an die Ruine der zusammengebombten Schuhfabrik erinnern wollte, an den ledernen Schuttberg, den er als Achtjähriger so oft zu ersteigen versucht hatte, er habe es nie bis zum Gipfel geschafft, er sei nachmittagelang aufwärts gestapft und bis über die Schenkel in den verkohlten Lederresten versunken, fünf Meter hoch oder etwas höher sei dieser Berg wohl gewesen, für ihn damals sicher zwanzig oder dreißig Meter.

Er ging mit dem Rücken zur Zimmertür von ihr weg. Zuerst hatte er ihre Hand losgelassen, dann hatte er sich über sie gebeugt und den Medikamentengeruch des Kopfpolsters eingesogen, aber auch den Geruch ihrer Haut und ihrer Haare, der ihn an die Küche erinnerte, auf deren Holzboden er als Kind herumgekrochen war, zwischen den Tischbeinen, wenn die Mutter einmal ruhig da saß und auf die Wand über dem Herd schaute, über die Kaffeekanne hinweg, die immer knapp neben der Wasserwanne des Herdes zugedeckelt stand. Ich habe wohl, sagte er, mit einer Hand die Klinke der Polstertür hinter mir heruntergedrückt und mit der anderen Hand

Zeichen gegeben, in der Luft hin- und herwischende Zeichen; mit der rechten Hand habe ich hinter mir die Klinke heruntergedrückt und mit der linken durch die Luft gewischt, und während ich mit der rechten wieder zu winken begonnen habe, hat die linke die Tür zugezogen bis auf einen immer kleineren Spalt, durch den ich mich aus dem Zimmer herausgedrückt, herausgeschoben habe. Du hast ihr, hatte sein Bruder, der ihn abholte, gesagt, ein Theater vorgespielt, du hast mit ihr gewitzelt, ihr habt gelacht und euch geneckt, sie hat dir auf den Arm oder auf die Hand geschlagen, weil du noch etwas gesagt hast, worüber sie hat lachen müssen.

Er hörte wieder den Kies unter seinen Schuhen knirschen und unter den Schuhen seines Bruders, der vor ihm herschritt zum Ausgang des Krankenhausgeländes. Sie tranken in der Bar auf der anderen Straßenseite einen schwarzen Kaffee mit ein paar Tropfen Milch.

Bevor er wegfuhr aus dieser Heimatstadt, die ihm keine Heimat war, unternahm er mit seinem Freund, dem Maler, einen ausgedehnten Spaziergang entlang einem Waal über einem Obsthang, von dem aus man das Krankenhaus sehen konnte. Der Weg führte zunächst an Reben vorbei, blatt- und blütenlos um diese Jahreszeit, dann durch eine Obstwiese in Schleifen aufwärts, zwischen niedrig gestutzten Apfelbäumen hindurch. Oben, auf der Höhe, über den Obstwiesen, wuchsen zwischen Erlen dickstämmige Edelkastanien, im trockenen Waalbett sah er Schalenstücke und da und dort eine geschrumpelte Frucht. Ich fliege in zwei Wochen, sagte er zu seinem Freund, hättest du dir das im November gedacht, Frankfurt–New York, ich bin frei, ich fange noch einmal von vorne an. Alles könne nun wieder geschehen, alles sei möglich, jede Veränderung sei besser als keine, sagte er und hörte sich kichern, er nehme jedes Risiko auf sich, auch das Risiko, nicht mehr zurückzukommen, ja, er wundere sich über sich und frage, warum er nicht schon früher mehr riskiert habe. Tatsache sei, daß die meisten Menschen ihr Leben nach überschaubaren Tages- und Wochenprogrammen ausrichteten, manchmal sogar nach dem Radio- oder Fernsehprogramm. Tatsächlich richteten sich die meisten darauf ein, nichts zu erleben, nichts Neues mehr zu erleben, und verdienten daher auch dieses Nichts, sie tappten in dieses Nichts hinein wie in das Allervertrauteste, in ihre Armseligkeit taumelten sie hinein und seien zeitweilig sogar glücklich darüber, obwohl sie manchmal davon wie von einem Unglück sprächen. Im Grunde sei ihr Unglücklichsein das einzige, was sie noch lebendig erhalte, ihr Unglück sei im Grunde ihr Glück, denn ihr Unglück sei der Alltag, in dem sie überlebten, ihr gewöhnliches Leben, in dem sie sich noch allemal am wohlsten fühlten.

Er verstehe ihn, sagte sein Freund, wenigstens Diverses von dem, was er gesagt habe, verstehe er. Du mußt dich, wir müssen uns alle rechtfertigen, sagte Stefan. Du führst dich auf wie ein Auswanderer, wie ein kopfloser Auswanderer, mach dir nichts vor. Stefan sagte ihm nichts Beleidigendes, meinte aber, daß er mit seiner Freiheit grundlos angebe, und wozu er mit diesem Charterflug Frankfurt–New York so auftrumpfte. Du hast recht, dachte er, während sie in der warmen Sonne dahinschlenderten und hin und wieder einen Blick auf die Stadt und auf das Spitalsgelände warfen, tatsächlich fühle ich nichts so stark wie hierherzugehören und hierbleiben zu wollen. Seine Katze habe er in Pension gegeben, erzählte er, zu Theaterfreunden, denen er keine Gelegenheit gelassen habe, nein zu sagen. Er erzählte von Krista, und er erzählte auch, wie er für sie eine Ananas zerteilt und, sich umdrehend, sie mit gespreizten Beinen in der Küchentür stehen sehen habe, an ihren Fingern riechend.

Du hast immer, sagte sein Freund, vor allen deine Intimitäten ausgebreitet, auch vor Mena, vor ihr und vor uns und vor anderen hast du über eure, über ihre und deine Probleme, über jede Art von Problemen geredet, auch über deine Beziehungen zu anderen Frauen.

Du brauchst mich nicht zu schonen, sagte er zu Stefan, sag mir, was du sagen willst, rücksichtslos.

Er habe vieles auf die Spitze getrieben, sagte Stefan. Wenn sie doch endlich einmal mit einem anderen, habe er mehr als einmal ausgerufen, vor Mena und vor anderen. Er habe sie in das hineingetrieben, was er jetzt sein Risiko nenne.

Du hast immer von Befreiung gesprochen, sagte die Frau seines Freundes in der Glasveranda, die Frauen, hast du gesagt, müssen sich freimachen, sonst bleiben sie die Neger der Gesellschaft.

Auf dem Bahnhofsplatz gruben zwei Männer die Blumenbeete um. Als er mit seinem Freund die Schalterhalle durchquerte, fühlte er, daß er ihm fast hämisch zulachte, es war seine letzte Gelegenheit. Auf dem Polstersitz im Zug empfand er Erleichterung, sogar Stolz, daß er von dem Ort wegfuhr, in dem er geboren worden war von der Frau, die nun langsam abstarb. Und nicht weit von hier war wohl das Haus, in dem Mena jetzt vielleicht Italienisch lernte. Sagen wir uns, wie es ist, sagen wir uns immer die Wahrheit, dann kann nichts passieren, hatten sie einander versprochen, hatten sie einander beruhigt, und auf der Schwedenbrücke hatte Mena ihn plötzlich an sich gedrückt, zu seinem Schrecken hatte sie ihn, der vorwärtslief, am Rock zurückgezerrt, zu sich hingezerrt, und hatte ihn umarmt. Er hatte ihr nicht Hannas Kleid beschrieben, nicht ihren alten gelben Citroën mit den geschwungenen Kotflügeln, aber er hatte Mena gesagt, daß sie keine Angst zu haben brauche, er wohne doch mit ihr, nicht mit Hanna, unter dem gleichen Dach. Und dennoch hatte er von Tag zu Tag, von Woche zu Woche, von Stunde zu Stunde das Reden mit ihr, mit Mena, verlernt, hatte allmählich eine andere Sprache gelernt: die Stummheit und in dieser Stummheit plötzlich einzelne Worte. Sie schob ihm beim Frühstück eine halbe Buttersemmel über den Tisch, und er nahm das Brot und biß hinein und sagte danke. Er ging ins Bad, rasierte sich, kämmte sich, holte frische Wäsche aus dem Wandschrank, und Mena schaute ihm zu, hielt ein Tuch in der rechten Hand, ließ das Tuch nach einer Weile fallen, näherte sich, stellte sich dicht neben ihn, ging wortlos von ihm weg, lächelte schweigend, setzte sich sogar sonntags in das Zimmer hinter den Tisch, auf dem die Nähmaschine stand, nähte aber nicht. Manchmal ging sie ans Telefon und hörte keine Stimme, nur ein leises Knacken, und manchmal hörte sie Hannas Mann, oder zumindest sein Gelächter.

Wenn er in der Nacht heimkam, wenn er in die absolute Geräuschlosigkeit der Wohnung eintrat, hörte er nur sich selbst, er hörte das Stoffgeräusch seines Rockes, den er auszog und im Vorraum aufhängte, das Reiben der Zahnbürste, das Klicken der Lampe im Bad, er ließ Wasser über seine Hände und sein Gesicht rinnen und reinigte sich von Hannas Geruch, und ohne Licht zu machen im Gang oder im Zimmer, hatte er Mena immer schlafend gefunden und war zu ihr, die sich nicht wehrte, hingerückt, und Mena hatte ihn nie weggestoßen.

Es schneite, als er am Westbahnhof aus dem Zug stieg, es flockte an den Fenstern herunter, er schritt über nasse Schneespuren, wartete im Flockenwirbel auf die nächste Tram, knetete den Schnee zwischen den Schuhen, maß ihn, wo er unberührt lag, mit ausgestreckter Hand, und die Hand tauchte ein bis zum Gelenk. Die Luft war so weiß, daß er nicht bis zum Westendcafé sehen konnte. Im dichten Gestöber stapfte er am Nachmittag mit Edi über den Wallensteinplatz bis zur Peripherie, wo die Häuser vereinzelt gegen den Wind standen, sie tippelten an verzukkerten Schrotthalden vorbei, durchquerten eine Unterführung, an deren Pfeiler der Schnee halbmeterhoch angeweht war, besprachen die letzten Resultate der Ski-Weltmeisterschaften und die Ergebnisse der Tennis-Turniere in Australien. Unwillkürlich mußte er auf Edis Manteltaschen schauen, die tief, ungefähr in Kniehöhe hingen, wie geschaffen für ganze Nester von Eierhandgranaten, dachte er, aber Edi hatte darin nichts als seine Hände vergraben, seine Hände, die in Wollhandschuhen steckten. Deine Mutter, sagte Edi, hat also Krebs. Vermutlich, sagte er. Sie stirbt also, sagte Edi. Nicht jetzt, sagte er. Und wie lange, glaubst du, daß du selbst lebst? fragte Edi. Ich weiß nicht, sagte er, vielleicht noch lange. Macht's dir was aus? fragte Edi. Ich weiß noch nicht, sagte er.

Mena rief ihn nicht an, auch nicht, als er das Telefon auf den Teppich stellte und daneben einschlief. In einem Mantel, der nicht ihm, sondern Till gehörte, fuhr er weg, er hatte die letzten Stunden in Kristas Wohnung verbracht zwischen fetten kastrierten Katzen, die um Kristas, aber auch um seine Beine herumstrichen, und lange Zeit hatte er aus einem hochflügeligen Fenster auf die Straßenbahnschienen und mehr noch auf das Kopfsteinpflaster hinuntergeschaut. Am Vorabend hatte er sich von Edi und Till und Schorsch in einem Balkanrestaurant dafür feiern lassen, daß er wegfuhr, zwischen teppichbehangenen Wänden hatten seine Freunde bei schummrigem Licht ihr Hierbleiben gefeiert, indem sie sein Wegfahren feierten und er sein Nochhiersein. Mit Krista, die er nicht in das Restaurant mitgenommen hatte, war er zuletzt im Lift hinuntergefahren, er hatte ihr im Bad zugeschaut, wie sie ihre Wimpern tuschte, im Aufzug

Rand des Kontinents, eine unerwartet sanfte Grenze des erdigen Europa, die in den Ozean eintauchte, dann nur mehr Wolkenschaum, auf dem das Flugzeug langsam, wie auf einem Riesenbauch, dahinzugleiten schien, ab und zu geschaukelt von wellenartigen Hopsern. Und so flog er durch die gesponnene Zuckerwatte seiner Kinderchristbäume, durch den Windzucker, um den er, schon zwei oder drei Jahre vor der Kapitulation, die glatzköpfige Generalswitwe im dritten Stock des Zinshauses angebettelt hatte, einen weißgesponnenen Zuckerkringel von ihrem Christbaum wollte er haben, und die Frau Generalin, die schon seit Jahren allein in der fenstervergitterten Gangwohnung herumschlurfte, schob sich um acht oder neun Uhr vormittags vor seinen Augen die Zopfperücke auf den Schädel und beugte sich über ihn und legte einen Zuckerwind auf seine herausgestreckte Zunge. Ich fliege zum Mississippi, das hatte er vergessen seiner Mutter zu sagen, das hätte ihr gefallen, ich fliege zu den Negern, weißt du, die uns Schokoladerippen zugeworfen haben aus den Panzern, da hätte sie aufgelacht, wenn er sie daran erinnert hätte, obwohl sie nicht dabeigewesen war, er und seine ältere Schwester hatten es ihr erzählt oben am Berg, sie war an jenem Tag in den Wald gegangen, Pfifferlinge zu suchen, sie wußte nicht, daß der Krieg gerade an jenem Tag zu

Ende ging, das Ende des Krieges entdeckten sie, seine ältere Schwester und er, als sie an den Zaun eines Wirtsgartens herantraten und hinter dem Zaun die Feinde sitzen sahen, die aus Blechnäpfen heißes Essen löffelten, während auf der Straße hinter dem Gasthaus ihre Panzer die Geschützrohre in eine Maiwiese streckten. Aus den Panzerluken schauten weiße und schwarze Köpfe heraus mit Ohrenschützern oder Hörapparaten. Am interessantesten jedoch waren die Essenden, aber sie ließen nichts übrig, nur ein Neger warf ihnen zwei Schokoladerippen zu. Jetzt fliege ich in ihre Schokoladebunker, aus denen das Brummen der Bomber gekommen ist, unter dem sich alle Köpfe geduckt haben im Luftschutzkeller, das der Generalswitwe und insbesondere dem Fräulein Kopetzky Herzanfälle verursacht hat. Er selbst war gern in der Nähe, wenn sie die ohnmächtige Generalin oder das Fräulein Kopetzky mit Essigbauschen abrieben oder mit Baldrian betupften, er schnüffelte den Baldrian ein, starrte auf das kreisende Reiben der Hände, hörte höchstens einmal ein vereinzeltes Seufzen oder Wimmern, sonst war es ruhig im überfüllten Keller, die Kellerwände schwitzten, er sah, wie die Schweißtropfen aus den Ziegelrillen rannen, ihm gefiel das flakkernde Petroleumlicht, und er fühlte sich nicht einen Augenblick allein oder verlassen unter diesen aneinanderkauernden Menschen. Jetzt flog er wieder diesem Schweißdunst entgegen, dem Indianergeruch, dem Negerschweiß, dem Schokoladeduft, der Trockenmilch. Zehn Minuten vor der Landung in New York schnallte er sich an und löschte seine Zigarette. Der Einwanderungsbeamte schnarrte ihn an in einem Slang von Bronx oder Brooklyn, als ob das die einzig möglichen Weltsprachen seien, aber er antwortete kaum weniger geheimnisvoll mit seinen Wiener Sprachkurs-Kenntnissen. Ja, sagte er, so ist es, das bin ich, und da sehen Sie meinen Paß. Er reichte dem butterweißen Gesicht sein Touristenvisum hin, keine Schwerverbrechen, Syphilis oder Kommunismus, und der Einwanderungsbeamte, der wohl nur das US-Visum zu verstehen brauchte, winkte ihn an den Zollbeamten weiter, den nichts so sehr interessierte, wie oder ob er Bakterien in die USA einzuschmuggeln gedenke, in Salami versteckt oder in Spaghetti. Nein, sagte er, keine Spaghetti, keine Salami, keinen Parmesan, gewohnheitsmäßig verschwieg er den Südtiroler Wein, tatsächlich hatte er Spaghetti und Parmesan in Meran einzukaufen vergessen, er hatte auch die Freiheitsstatue übersehen, wahrscheinlich weil er auf der falschen Fensterseite gesessen hatte.

Er ging, wohin er konnte und also gehen durfte, durch die abgesteckten Bahnen der Halle ins

Land der unbegrenzten Möglichkeiten, unter einem vermutlich steinwurfsicheren Riesendach des Kennedy-Flughafens, und in der Dämmerung dieses Sonnenbrillenlichtes sah er seine ältere Schwester, mit der er die Amerikaner in Tirol entdeckt hatte, jetzt in einem satinblauen Kostüm steif dastehen und ihm zuwinken. Etwas abseits von ihr Jim, dessen dickrandige Brillen sympathisch wirkten, er küßte seine Schwester über die gegen seinen Bauch gestreckte Hand hinweg auf die Wangen, ja, sie streckten einander die Hand um die Wette hin und her. Jim trug einen dunklen Ballonmantel, der bis knapp an die Knie reichte. Ein großer, dicklippiger alter Mann, warum, fragte er sich, denke ich trotz dieser strähnigen rotblonden Haare: ein alter Mann. Die Schwester begann ihm Amerika, Made in USA, mit den Fingern zu zeigen, Jim assistierte zahlend und grinste. Sie fuhren im Taxi nach Manhattan und bezogen irgendein nettes Hotel. Sein Zimmer hatte eine Liege, die durch Knopfdruck zum Vibrieren gebracht werden konnte, er tippte auf eine Taste und ließ sich wie auf den Kiemen eines Rasierapparates sanft durchschnurren, während über den Fernseher zu seinen Füßen das Weiße Haus zu ihm sprach. Noch vor dem Essen führten sie ihn vor das Empire State Building, und zu Fuß ein paar Häuserblöcke umkreisend, gelangten sie zum

Sheraton und verharrten mit ihm respektvoll auf dem gegenüberliegenden Gehsteig. Er schaute auf die einziehbare Markise über dem Hoteleingang, aber im Moment waren dort weder Karajan noch John Wayne zu sehen, also spazierten sie weiter zum Broadway hinunter. Seine Schwester und Jim hoben immer wieder einmal einen Arm und manchmal auch beide, um eines der vorbeitrudelnden Taxis an den Gehsteig heranzulotsen, zwischendurch kniff ihn seine Schwester in die Seite, als wollte sie ihm eine Art Weltgefühl vermitteln. Sie standen beide da, in diesem grellen Gemisch aus Lärm und Licht, zwischen unzähligen Leuchtreklamen und vor Tausenden vorbeisausenden Autos, sie zwei, die über dem angeschwemmten Geäst eines Tiroler Bergbaches einander an den Haaren gerissen hatten, in einem Ausbruch von blankem Haß, und dabei Mutters Geldtasche ins Wasser fallen ließen, augenblicklich hatten sie ihre Haare losgelassen und waren, über die Steine stolpernd, durch das Wasser gestampft, brüllend, nach der Geldtasche brüllend, bis sie ganz unerwartet in irgendeinem ins Wasser hängenden Strauch das Portemonnaie entdeckt hatten und sich in die Arme fielen wegen Mutters Geldbörse. Jetzt spürte er kein Verlangen, seine Schwester zu umarmen, und ebensowenig konnte er sich vorstellen, daß es seine Schwester gewünscht hätte.

Sie standen nebeneinander auf dem Broadway, und es wäre ihm lieber gewesen, allein zu sein. Für Jim und die Schwester waren andere Dinge wichtig: ein über eine Glasfiber gestülpter Sokken beispielsweise in der Fifth Avenue, der nicht viel weniger als ein Anzug in der Bozner Museumstraße kostete.

Liebe Mena, sagte er zu sich, ich ziehe diese Auspuffgase mit Genuß in die Lungen, das Licht wirbelt vor meinen Augen, der Lärm macht meine kalten Füße nervös, wir zwei, du auf dem hölzernen Hocker und ich auf dem umgekippten Wassereimer, na ja, sagst du, wie gewußt, trotzdem, ich spinne nicht, ich klammere mich an nichts, Tills Mantelfutter ausgenommen, wegen der niedrigen Temperaturen hier. Ein gelbes Taxi hielt, und sie fuhren durch unabsehbare Häuserschluchten, die aus Papier gemacht schienen, übergossen und durchtränkt von einem Spezialfixativ wie für absterbende Haare, einem Spray, das Perücken vor Motten schützt, aber unter dem Sprayfilm mußten trotz allem Menschen leben, massenhaft, diese massenhafte Menschennähe zog ihn an, er roch, ohne zu riechen, ihre sickernden Ausdünstungen; die Augen seiner Schwester glänzten, so schien ihm, in den Farben der Auto- und Rasierwasserreklamen, und eine sechsspurige Fahrbahn bedeutete für sie einen direkten Zugang zur Welt. Sie und

Jim meinten es gut mit ihm und fuhren zu einem Penthouse, zu einer Partyfreundin aus ihrer Stadt, die rechtzeitig auf und davon gelaufen war aus dem Nest in Maryland und es bis zur Stewardeß gebracht hatte, sie stellten ihn vor, um ihn herzuzeigen, er hätte lieber vom siebenundzwanzigsten Stock auf die Autoschlangen hinuntergespuckt und blieb doch im Sofa hängen und nippte an seinem Glas. Nett, nett, hörte er immer wieder Nancy, die Partyfreundin, sagen, nett und schön, sagte Nancy und schlenkerte mit den Hüften, wenn sie nachschenkte, sie sei heute morgen von Neu-Delhi eingeflogen und wechsele übermorgen auf die Frankfurt-Route, sie schüttelte die Eiswürfel in ihrem Cocktailglas wie ein Lachen, so ist das Leben, sagte sie mit ihrer piepsigen Stimme. Seine Schwester fragte nur, geht's der Mutter einigermaßen? und er hatte genickt und Grüße bestellt. Statt Orangensaft, Speck mit Ei oder gegrillten Würstchen auf getoastetem Wattebrot bestellte er am nächsten Morgen eine Schale Kaffee mit Milch und, wenn schon, ein Dreiminutenei, dazu Semmeln mit Butter und Honig oder Marmelade. Seine Schwester verzog ob dieser Kapricen, die viel teurer als das üppige amerikanische Frühstück kamen, die Lippen und warf einen kalten Blick auf die Jacke, um die er auf dem Flohmarkt in Trastevere gefeilscht hatte. Sein Kaffee war weder ein Espresso noch ein Macchiato, nicht einmal ein Capuccino, trotzdem trank er den Americancoffee gern, immer schon hatte er sich gewünscht, den Kaffee kübelweise trinken zu können, und hier, in den Vereinigten Staaten von Amerika, wurde ihm dieser Wunsch erfüllt, und mit dem Salzlöffelchen schlürfte er sein weiches Ei.

Seine Schwester stolperte kein einziges Mal auf den abgetretenen Läufern des Hotels, sie klappte ihr Zigarettenetui zu und blickte zielsicher in die auseinanderschwingende Lifttür, immer eine Dame, die einsilbig seufzte, wenn sie geplempelt wurde, kein Morgen in New York ohne ein neues selbstgeschneidertes Modellkleid. Jim wurde ihm zunehmend sympathischer, je länger er neben dieser Schwester schweigend daherstakte und sich die Brille putzend in ihrer Nähe hielt.

In Maryland bezog er ein breites Bett in einem Souterrainzimmer in Jims Haus, gleich neben der Waschküche, es hätte auch für zwei gereicht und war überspannt mit einem grünen Perlontuch, das von einem Gummiband eingefaßt war. Durch die zwei Kellerfenster sah er ein Stück Himmel und, wenn er auf einen Stuhl stieg, den Rand eines Blumenbeetes mit gelben und samtblauen Stiefmütterchen. Mena, ich habe fast alles, die Zimmerdecke wird mir so vertraut wie die Äste eines Baumes, sie schützt mich nicht nur vor Nässe und Windböen, sie ist wie eine Wolldecke. Er hatte kein Verlangen, Bilder an die hellgrüne Kellerwand zu hängen, er packte nicht einmal den Koffer aus, und anfangs störte es ihn nicht, ein Gast zu sein. Erst nach einigen Tagen, Mena, habe ich das Gästedasein gespürt und bleibe deshalb eigentlich am liebsten im Keller. Im Parterre über ihm, wußte er, blieb alles regungslos bis kurz vor Mittag, dann hörte er die Schritte seiner Schwester über die Holztreppe des ersten Stockes, ihrer Schlafetage, zur Küche herunterklappern, als hätte sie zwei Steinfüße, und ein wenig später krochen die ersten Nikotinschlangen über die Kellerstiege und eine Weile danach der Duft von Kaffee. Dann begann seine Schwester zu reden, nicht mit ihm, er war geschützt durch die Kellertür, aber gedämpft hörte er ihre Telefonstimme gurren, viertelstundenlang, bis nach Mittag telefonierte sich seine Schwester aus ihren Niedrigblutdrucktiefen in eine erträgliche Stimmung. In den ersten Tagen war er zu ihr hinaufgestiegen, Jim war schon vor acht ins Büro seiner Gascompany gefahren; die Schwester sah er in japanischblau geblümtem Kimono und mit bleichen Wangen am Telefon hängen, sie winkte ihn mit einer Schlaufe der Schnur auf Distanz, so daß er, nachdem er die ersten Male bis zu einer Stunde, angekleidet mit

Jacke und Schal, in der Wohnzimmerecke gewartet hatte, es aufgab, auf ein Frühstück oder gar auf ein Frühstücksgespräch zu warten, oh no, oh no, hörte er seine Schwester in die Sprechmuschel rufen, und manchmal sah er auch, wie ihr rechtes Knie rhythmisch zum Oh no langsam hinaufstieg und dann wieder ebenso langsam hinunterglitt, es konnte aber auch vorkommen, daß das Knie sich plötzlich straffte und mit dem Bein eine gerade Linie bildete und der Fuß oder der Fersenteil des Fußes plötzlich vehement auf den Boden stampfte: oh no! Er schlich am Vormittag über die Kellerstiege hinauf zum Kühlschrank und stahl eine Gelbrübe, eine Banane oder ein Stück Käse, manchmal ein rohes Ei, jeweils das, was am unauffälligsten zu entfernen war, eine Banane von einer Bananentraube, eine Gelbrübe aus einem Büschel Gelbrüben, ein Ei aus einer schon angebrochenen Eierreihe. Er schlug das Ei an der Kante seines Bettes auf und trank es mit zurückgebogenem Kopf aus, die Schale zerdrückte er, umwickelte sie mit Toilettenpapier und spülte alles durch das Abflußrohr. Er lebte, als gäbe es keine Fenster, er lag meist auf dem Rücken und sah hin und wieder auf die Zimmerdecke. Aber er fühlte sich dennoch mitten in den Vereinigten Staaten von Amerika, seine Schwester hatte am Ende seines Bettes einen Farbfernseher auf einen Schemel gestellt, links von der Stiegentür. Er ließ den Fernseher fast ununterbrochen laufen, mit grellen und grelleren Farben, mit allen Werbesprüchen zwischen den Nachrichten, er lernte mit diesen Reklamesprüchen eine Menge amerikanisches Englisch, er hätte sich in dieser Fernsehsprache gut mit Kleinkindern unterhalten können, während sich ein paar Cowboys schmerzlos abknallten. Amerika ließ ihn nie allein, und er betrat noch einmal mit Armstrong den Mond, um dort, zwischen den Mondlöchern, irgendeine Automarke für die weit entfernte Erde zu empfehlen.

Er ließ, wenn er gegen Mitternacht den Fernseher ausschaltete, das Radio weiterlaufen, er ließ die Radiostimmen durch sein Hirn und durch seine Träume rieseln, er wollte nie mehr ohne Stimmen sein, und er wollte von diesem Keller aus die Sprache von mindestens einem runden Milliardenviertel Menschen kennenlernen. Wenn er sich über das Bett hängen ließ, stierte er auf den fabrikgewebten grünen Vorleger, und rundherum breiteten sich die in weiße Linien gefaßten braunen Bodenfliesen aus. Hey, schrillte die Stimme seiner Schwester von oben, von ihrer Schlafzimmeretage herab in sein Kellerzimmer, bevor sie ihn rief mit der amerikanischen Version seines Vornamens, hey, und er dachte, wenn er über sich oder über sie hinwegdachte: hey, Pat. Er suchte nach einem Hemd, überlegte, während er den Kofferdeckel hochhob, ob nicht das gelbgestreifte, das er trug, noch gut genug wäre, schlüpfte dann aber in ein weißes mit jeweils einem weißen Knopf an den Kragenspitzen, ein Geschenk seiner Schwester aus Jims Garderobe, es machte ihm nichts aus, daß er keinen Einbauschrank und keine Wäscheablage im Keller stehen hatte, sein zweiter Rock hing auf einem Kleiderbügel am Fenstersims, er fühlte sich beweglich mit dem Koffer neben dem Bett. Ich komme, schrie er durch die Treppenschnecke hinauf, es war früher Nachmittag, immer war es Nachmittag, wenn sie das Haus verließen, zweimal oder höchstens dreimal die Woche, seine Schwester in einem schweren Faltenkostüm oder, an wärmeren Tagen, in einem zitronengelben oder blauen Kleid. Er hörte, neben ihr auf den Beton zu seinen Füßen schauend, das Hinaufsurren der Garagentüre, er vermied es, ihr Gesicht anzublicken, denn er wußte, daß sie ungeduldig jede Bewegung der Garagentür verfolgte, er sah, wie sie an einem Zigarettenpäckchen herumzupfte mit den spitzgefeilten Fingernägeln, wobei der geringste Widerstand, auch der der Zellophanhülle, sie nicht nur ärgerte, sondern zu erniedrigen schien. Manchmal war Jim bei diesen Fahrten dabei, meistens samstags, wenn sie zur staatlich kontrollierten Alkoholausgabe fuhren, einem quadratischen Pavillon mit vier Glaswänden. Auf dem Parkplatz klappte Jim beim ersten oder zweiten Einkaufsbummel den Kofferraumdeckel des Oldsmobil auf und zeigte ihm ein kurzläufiges Gewehr, und da er fragte, meinte seine Schwester, es sei immer ratsam, etwas bei der Hand zu haben, und sie drückte ihm ihre Handtasche an die Nase und fragte, ob er noch nie von randalierenden Negern gehört habe. Immer sei es das beste, sagte sie, denjenigen, der einen vor der Haustüre bedrohe, ins Haus hineinzureißen, aber vorher zu schießen; alles, was hinter der Türschwelle liege, falle unter Hausfriedensbruch. Jim kannte alle Whiskysorten, auch die geringsten Geschmacksunterschiede, er schätzte den Scotch hoch ein, stellte ihn weit über den amerikanischen Bourbon, nicht nur, weil der schottische Whisky wegen der Importsteuer viermal so teuer war. Im Supermarket, kaum fünfzig Schritte vom Alkoholpavillon entfernt, führte ihn Jim, während die Schwester gefrorene Bohnenpakete und Ochsensteaks auf den Rollkarren häufte und Kohlköpfe in Plastikhüllen, an aufblasbaren Schlauchbooten und an Gartenharken vorbei zur Koje mit der Munition, den Gewehren und Revolvern. Mein Land, sagte Jim, ist ein freies Land, wir können es verteidigen.

Die Geschäftsgebäude lagen einstöckig und flach auf der zubetonierten Erde, umstellt von

Texaco-Rot und Shell-Gelb, Reklameschildern für Knusper-Einpackhühnchen, von Marlboro- und Seven-up-Reklamen. Manchmal fuhren sie bis in das nächstgrößere Städtchen, wo es einen Laden gab mit gelbem Stern über der Tür, einen Greislerladen mit Klobassen, Debrezinern, Kranzwurst, Salzgurken und schwarzem Brot. Jim ließ sich davon abgezählte Stücke einpacken, während seine Frau wohlig seufzte.

Immer, wenn er mit seiner Schwester am Nachmittag, meistens sehr früh am Nachmittag, von dem Haus mit den Stiefmütterchen wegfuhr, fühlte er sich in die Pflicht genommen. Von der Autobahn bogen sie ab in hügeliges Waldgebiet mit quer zur Straße verlaufenden kleinen Talsenken und Siedlungshäuschen an den Hängen, aufgebockten Waggons nicht unähnlich. Sie schritten vom Wagen bis zur nächsten Haustür durch Buchenwald, gingen wie durch den Wienerwald, hier muß auch Schnee fallen, dachte er, und saß später Maggy gegenüber, Maggy, der Krankenschwester, Ende Zwanzig oder Anfang Dreißig. Sie schoß ihre Worte zwischen gepreßten Lippen ab, sie war in Rom gewesen, Fontana di Trevi, sie warf ihm einen spöttischen Blick zu, immerhin hatte sie einen Italiener geheiratet, und der war ihr bis hierher in den Appalachenwald gefolgt, aber schon nach einem halben Jahr verschwunden und nicht wieder aufgetaucht.

Und er, der Tills Mantel im Oldsmobil zurückgelassen hatte, weil die Luft hier schon so lau und weich war, saß da auf dem grauen Sofa mit übereinandergeschlagenen Beinen und verstand immer nur einzelne Worte, die er zusammenfügte zu einem Bild von Maggy, das ihn neugierig machte, während er scheinbar die Metallknöpfe an seinem Blazer-Jackett betrachtete. Maggy trug einen kurzgeschnittenen Bubikopf, wie er ihn gerne sah, sie nahm ihrer Mutter das Teetablett ab und bot ihm eine Tasse an. Er hörte die Stimmen hin- und herlaufen, die Nähmaschinenstimme seiner Schwester, Maggys hüpfenden Zungenlaut und dazwischen Maggys Mutter, die ihre Stimme zusammen mit ihrem rechten Zeigefinger hob. Es wird auch Schnee fallen hier, dachte er und fühlte sich rund und abgeschlossen. Einen Moment lang sehnte er sich nach der Pritschenkammer, dem engen Zimmer in jenem verwahrlosten türkischen Hotel, nicht weit von Bursa, das kein Fenster hatte, nur eine unerreichbare Lüftungsluke. Es war Sommer und stickig heiß, Mena und er waren im Stiegenhaus über die Körper von Schlafenden gestiegen, um ihr Zimmer zu erreichen, sie hatten, todmüde nach einer tagelangen Autofahrt, die Matratze von allen Seiten mit DDT bestäubt und waren schweißnaß zueinandergekrochen.

Die meiste Zeit lag er auf dem grünen Bett im

Keller und lernte auf das Rufen von oben zu warten, er drückte schon in der Frühe die Programmknöpfe des Fernsehers und freute sich auf jeden Western, bald kannte er jeden Reklamespot, und nie schaltete er bei Bonanza ab. Am schlimmsten waren die Vormittage, wenn er die Treppenschnecke hinaufschlich und horchte: ob seine Schwester noch schlief oder ob schon Tritte zu hören waren aus ihrem Zimmer oder aus ihrem Bad; auch wenn er nichts hörte, betrat er nicht gleich die Küche, sondern machte den Umweg durch den Wohnraum, um sicherzugehen, daß seine Schwester nicht stumm auf dem Sofa oder in einem Sessel kauerte. Aber er wurde nie überrascht, die Sessel und das Sofa waren leer, die Aschenbecher voll von Zigarettenstummeln, auch die Whiskygläser standen noch herum, er schluckte die abgestandene Luft, den kalten Nikotinschmauch und den süßen Alkoholgeruch, die Vorhänge waren wie am Abend zugezogen, und nie wurde er ertappt, wenn er Gelbrüben oder Käse aß in seinem Duschraum. Manchmal legte er im Souterrain eine Platte auf und tänzelte um den Fernsehschemel herum, entlang der Fensterwand und quer über das Bett hinein in die Waschküche und den Duschraum. Auch dabei wurde er nie überrascht. Anders waren die Nachmittage, die späten Nachmittage, wenn Jim von seinem Bürostuhl in der Gascompany zurückkehrte und die Gläser aus dem kleinen Schrank hervorholte. Jim machte nichts lieber als den Barkeeper, er mixte einen Tequila oder eine Bloody Mary, Wein war eine Rarität, aber von allem Scharfen konnte man sich einschenken und nachschenken lassen und jede Art Mischung wünschen am Nachmittag. Spätestens zwei Stunden vor Sonnenuntergang wurden die Vorhänge zugezurrt und es begann das langsame Sicheinsüffeln in die Erinnerungen, in jede Art von Vergangenheit, Jim fütterte den Plattenspieler mit Langzeitmelodien aus Wien und aus St. Pauli, kaum etwas fehlte, auch nicht La Paloma. Er lehnte in einer Sofaecke und sah durch das Glas, das er hielt, auf Wiesen, auf verschneite und unverschneite Wiesen im Prater und in Hanglage über der Etsch, hau ab, hatte er zu Mena gesagt, er konnte es noch immer nicht verstehen, trotzdem spürte er, daß es richtig war, daß er hier ohne Mena saß, auch wenn er nicht begreifen konnte, daß sie woanders saß, mit ihr hätte er jetzt alle ununterbrochen angelacht, bis zur Erschöpfung hätten sie beide Jim und die Schwester angelacht, halbtot vom Dankesagen, aber allein zwang er sich kein Lächeln ab, ich werde bald weggehen, redete er sich zu, und mich wird nur mehr kennen, wen ich kennen mag.

Er las die Inseratenseiten der Lokalzeitung, er

ließ von Jim an jedem Wochenende inserieren: Willing to work. Er war froh, daß die Kellerfenster so hoch angesetzt waren, daß er nichts zu sehen bekam als ein Fetzelchen Himmel, wenn er auf den Stuhl stieg, aber er stieg nicht auf den Stuhl und bekam nie eine schriftliche Antwort auf seine Inserate. Ein Toilettenartikelvertreter nahm ihn schließlich, nach einem Telefonanruf, mit auf eine Tagesroute, er zeigte ihm, wie er zu läuten hatte an den Gartentoren der meist vereinzelt stehenden Häuser, und er sah an diesem feuchtkalten Märztag zu, wie der Seifen- und Bürstenverkäufer smarte Wangengrübchen bekam, wenn das Gittertor oder das Zauntürchen aufklickte, er selbst wurde immer schäkernd vorgestellt wie ein neues Waschmittel, und tatsächlich wurden sie beide in jedem Haus, das sich öffnete, freundlich aufgenommen, als brächten sie etwas gegen Kopfweh oder Magenschmerzen, die Bademanteldamen kauften immer etwas, zumindest eine Zahnbürste oder einen Waschlappen, Mann, sagte der Vertreter jedesmal zu ihm, wenn sie wieder im Auto saßen, Mann, was sagst du jetzt, und irgendwo in einer Tankstellenbar aßen sie zusammen ein Hamburger-Brötchen. An einem Samstagnachmittag trat er durch den Küchenausgang in ein Drive-in-Restaurant, das in der Lokalzeitung einen Tellerwäscher suchte. Er drang bis zum

Manager vor, einem mittelgroßen, wasserblonden Endzwanziger, der ihn mißtrauisch anblinzelte, um dann nach einer Weile nein zu sagen, danke, wir sind komplett, eben an diesem Samstagmorgen hatten sie den langgesuchten Tellerwaschspezialisten gefunden und eingestellt. Erst Jim brachte ihn auf die Idee, sich versuchsweise den Vollbart rasieren und die Haare stutzen zu lassen. Mit glatten Kinnbacken und anliegendem Haar nahmen sie ihn mit zum nächsten Drive-in, er durfte schon am folgenden Morgen um sechs beginnen. In den ersten Tagen dachte er: wegen der weißen Haut.

In der Früh, kurz nach fünf, wachte er auf, ohne Wecker, das Radio lief noch, er erwachte gerne, schaute zu den blinden Fensterluken hinauf, mit gerecktem Nacken stellte er sich unter die Dusche, drehte den Wärmehahn von null auf vierzig Grad Celsius und zurück, immer wieder hin und zurück, und zerknirschte die Seufzer mit den Zähnen. Er genoß es, die Wäsche über die Haut zu ziehen und in Hemd und Hosen hineinzuschlüpfen, während alles über ihm noch schlief. Ohne zu schleichen, stieg er in die Küche hinauf und setzte die Kaffeekanne auf die Elektroplatte, er durfte nun seinen Kaffee selber machen und trinken, und dann endlich konnte er sich ungestört mit seinen eigenen Augen umsehen, wenn er die Glastüre zugedrückt hatte und in das Grauwerden hineinschritt, an den Blumenbeeten vorbei, an den Vorgartensträuchern, kein Hund kläffte, sie lagen alle hinter verriegelten Türen oder in den Betten ihrer Besitzer, der Appalachenwald stand linker Hand. Er lief über die sonst von niemandem betretenen Zufahrtsschleifen und quer durch den Villenhaufen hinunter zur Autobahn, und auch hier war das Gras, wo es wuchs, taunaß, die hellgelben holländischen Tulpen links und rechts der Garageneinfahrten wirkten frühlingshaft. Er lief zwei oder drei Kilometer den Planken entlang auf die ihm entgegensausenden Autos zu, und nie zuvor hatte er sich so mitten in der Welt gefühlt. Seine Fußknöchel wurden naß im Gras, er bog über die Eisenbahnbrücke zum Stadtzentrum ein, zwischen niederen würfelförmigen Häusern mit überdimensionalen Reklameschildern an den Geschäftsfronten. Er streifte mit den Fingern fast immer den Holzklotz am Ende der Brücke, und es war wie ein Besitzergreifen der Stadt. Er tippelte an den heruntergelassenen Rolläden vorbei und dachte, meine Schwester wird hier vor zehn Jahren ihren ersten amerikanischen Regenschirm gekauft haben, die Luft wehte ihm warm ins Gesicht, als ob er eine Stadt nicht weit vom Meer durchquert hätte. Er ging über den leeren Parkplatz auf das dunkle Glashaus zu, die Abfalleimer, in festen Halterungen über den ganzen Platz verteilt, warfen auch bei Vollmond nur mehr einen dünnen Schattenstrich. Die Tür für das Personal stand bereits offen. Im Keller, der nicht nach Erdäpfeln oder Obst roch, sondern nach Spülwasser und ungewaschenen Schürzen, bekam er eine weiße Jacke, eine weiße Schürze und alte Gummistiefel, man führte ihn, nachdem er seinen Rock ausgezogen und die weiße Jacke und die Schürze übergestreift hatte und von seinen Schuhen in die Stiefel übergewechselt war, zur Stechuhr, gab ihm ein Kärtchen mit seinem Vor- und Nachnamen und belehrte ihn, wie er die Karte in die Zeitmaschine einzuschieben und vor allem, daß er sie nie vor dem Umkleiden, sondern immer erst danach einzuschieben habe. Oben im Glashaus erhielt er Besen und Schaufel und einen Wischlappen, eine Plastikflasche mit einem chemischen Schmutzentferner und einen langstieligen Gummischaber. Er lachte in die Glasscheibe, die er von Spucke und Fliegenschiß reinigen mußte, er bewegte sich endlich selbständig in diesem Land, mußte niemandem mehr aus dem Teller essen. Als erstes hatte er die drei Meter hohen Scheiben mit dem Spray zu besprühen, dann setzte er den Gummischaber an und radierte den Dreck herunter, es kam vor allem darauf an, daß er den Schaber exakt und ruhig, aber entschlossen, auf das Glas auflegte, die Ansatzlinie des Schabers durfte nicht zu sehen sein, was fast unmöglich war, das hättest du dir nicht gedacht, Mena, daß ich einmal scheitern könnte; hast du eigentlich mitgekriegt, daß es mir gegen jeden äußeren Anschein schon immer an Selbstsicherheit gefehlt hat, an diesem alles andere auffressenden Lebenswillen? Fünf Scheibenflächen an einer Wand, zwei Meter breit und drei Meter hoch, macht dreißig Quadratmeter mal vier Wände, also hundertzwanzig Quadratmeter Putzfläche jeden Morgen, und zwar doppelt, weil die Scheiben von innen und von außen gereinigt werden mußten, jeden Morgen, gleich nach sechs Uhr, bevor er den Boden unter den Tischen, also den gesamten Restaurantfußboden, zu säubern beginnen durfte, und anschließend die Platten und die Beine der Tische und die Stühle, natürlich auch die Beine der Stühle, die es feinfühlig abzutasten galt, um die Kaugummibatzen auszumachen, sowohl unter den Tischrändern als auch unter den Sitzen und an den Stuhlbeinen. Von Zeit zu Zeit schaute er durch die Glaswände wie in eine Ferne, alles andere paßte sich ein, gehörte dazu, auch der tropfende Hahn der Ketchuppumpe. Der Manager, der gut zehn Jahre jünger war als er, inspizierte zwischen sieben und acht jede Leiste, seine Hand fuhr unter die Sitze der Stühle, aber nicht unter jeden Stuhl, die Scheiben sah er sich einzeln und lange an, mit den Händen in den Hosensäcken pflanzte er sich vor jeder Vitrine auf und beguckte das Glas, er wußte, wo die Tropfen sich gerne verfingen, und nie gab es einen Morgen, an dem er ihm nicht zwei oder drei Schneckenspuren, die er selbst auch schon gesehen hatte, mit gestrecktem Finger zeigte. Manchmal konnte er sich ein erbittertes Dankeschön nicht verkneifen, aber immer holte er widerspruchslos den Gummischaber und die Sprayflasche und machte die paar Quadratmeter noch einmal, beim zweitenmal kümmerte sich niemand mehr um Schleim und Rotz auf den Scheiben. Diese Stunden des Dreckschabens waren trotz allem die Zeit, in der er fast ungestört beobachten konnte, wie es Tag wurde, kaum einmal, daß er vor acht Uhr einen Menschen zwischen den Müllsäcken gesehen hatte, höchstens ein paar Spatzen, ein einziges Mal eine herumwischende Ratte.

Wenn die ersten Kunden die ersten Hamburger verlangten, mußte er mit Kübel und Besen verschwinden, er stieg in den Keller hinunter und trug Zwanzigkilokartons mit tiefgefrorenen Chips hinauf in die Küche, Fünfkilodosen mit Ketchup und die Ölgallonen, aber meistens schwamm noch genug Öl vom Vorabend in der Herdwanne, es mußten lediglich ein paar Liter nachgegossen werden. Später schleppte er Salat und die Schachteln mit den vereisten Fleischlaibchen hinauf, die auf der glühenden Elektroplatte zu jeder Art von Hamburger und Cheeseburger aufquollen. Er stand eine gute Stunde in der Gefrierkammer und sortierte die Leckerbissen, sammelte sie auf einen Haufen und stemmte sie hinaus und hinauf, kehrte zurück mit der durchgeschwitzten Jacke und mit der gefrorenen Jakke, oben war für ihn immer Sommer, obwohl die Düsen der Klimaanlage pfiffen. Sie ließen ihn zwischendurch auch an die Chipswanne heran, und es dauerte kaum eine Minute, bis die vereisten Erdäpfelkeile sich knusprig aufblähten, er hatte darauf zu achten, daß sie die richtige Tönung annahmen, kein Bratenbraun, er mußte sie wegwerfen, wenn sie dürr zwischen den Zähnen knackten. Trotz der Konzentration, die ihm die Chipswanne abforderte, hatte er das Kommen und Gehen hinter der Plexiglaswand im Auge, mit zunehmendem Zeitgefühl für die Bräunung seiner Chips lernte er, den Wechsel der Gesichter und Kleider zu beobachten, auch den geöffneten Mund eines Mädchens, das auf ein Milkshake wartete. Es gab keine Stammgäste, an die er sich hätte erinnern können, und ebensowenig gab es einen Stammtisch, nichts verführte zum Sitzenbleiben, die Handelsvertreter und die Berufsfahrer schauten durch die Glasscheibe auf ihre Autos auf dem Parkplatz, und wahrscheinlich sahen auch die Büroangestellten und Verkäuferinnen entweder die Ladentür oder die Ecke ihres Häuserblocks, in dem sie arbeiteten, die Kundschaft wechselte sehr schnell. Alle schluckten sie ihre Brötchen wie nach Zeitplan hinunter und leerten ihren Cola-Becher in zwei, drei Zügen. Ein einziges Mal, daß etwas wie Stimmung aufkam, als eine betrunkene Negerin, um die Fünfzig wohl, mit geöffneter Bluse hereintanzte und ihre hängenden Brüste zwischen den Tischen herumtrug, über die weiteressenden Köpfe hinweg, wie ihm schien. Niemand, der etwas gesagt hätte, er bildete sich sogar ein, daß niemand auffällig gegrinst hatte, zum Glück war der Manager nicht im Haus, der farbige Koch bekam den Auftritt mit Gelassenheit in den Griff, er verließ das Plexiglasgehäuse und holte die nervöse Lady in die Küche und lotste sie durch den Flur zum Personalausgang, er schickte sie einfach fort mit einem Klaps auf den Hintern.

Von Zeit zu Zeit, meistens im Abstand von einer Stunde, je nach Gästezahl, durfte er den Restaurationsraum wieder betreten, um die Aschenbecher zu leeren und die bekleckerten Tische sauberzuwischen, nichts aber war während der ganzen Arbeitszeit so angenehm, wie aus der künstlich gekühlten Luft in die Hitze des mittäglichen Parkplatzes hinausgeschickt zu werden, er kreiste in der warmen Luft um die parkenden Autos herum, um die weggeschmissenen Pappteller und die Coladosen einzusammeln und die Müllsäcke zu leeren, jedesmal sah er den Himmel, wolkig oder blau, es regnete selten, und für die kurze Zeitspanne, in der er zum Glashaus zurückging, sah er es als Glasgefängnis, das ihm von außen gefiel. Es galt als Auszeichnung, wenn ihn der Manager zehn oder gar zwölf Stunden ohne Pause durcharbeiten ließ, die Fußsohlen spürte er nur, wenn er sich im Keller auf eine Kiste hockte, im Keller verschlang er zwischendurch Käsescheiben aus den Packungen, die für die Cheeseburger bestimmt waren. Er wußte nie, wann für ihn Arbeitsschluß sein würde, aber immer war die letzte Minute die schönste, auch wenn der Manager ihn schon nach neun statt nach zehn Stunden nach Hause schickte. Er riß sich die Schürze über den Kopf, dann die Gummistiefel von den Füßen, in seinen Lederschuhen und mit aufgekrempelten Hemdsärmeln trat er zum Wasserhahn und spülte Hände und Gesicht, trocknete sich mit Abreißpapier. Erst danach schob er seine Karte in die Stechuhr, obwohl ihm, wie allen anderen auch, immer wieder gesagt wurde, daß er sich vor dem Umziehen bei der Stechuhr abzumelden hätte, aber niemand halte sich daran, hatte ihm der farbige Koch gesagt, die Buchhaltung ziehe sowieso eine Viertelstunde pro Tag ab. Und so stieg er einmal am Tage ohne Ketchupdose oder Chips über die Kellerstiege hinauf und durch den Küchenausgang ins Freie, ohne Schürze oder weiße Jacke überquerte er den Parkplatz und bückte sich nie, sondern kickte jeden Papierbecher beiseite, der ihm vor die Füße geriet. Er fühlte die Wärme des Asphalts durch die Schuhsohlen, er trug seinen dunklen Blazer mit den vernickelten Knöpfen, schlenderte über den Gehsteig, sah sich alles genau an. Überall wurden wieder die Rollos heruntergelassen, und auf den Treppen des klassizistisch drapierten Stadtmuseums hockten meist einige adrett gekleidete Langhaarige und Mädchen in ausgebleichten Jeans, aber er war immer zu müde, um die Straße zu überqueren und sich hinzusetzen auf eine der Stufen, trotzdem nahm er nie einen anderen Weg; hinter dem Stadtmuseum erst bog er in die Straße ein, die zur Brücke führte, und von dort war es nicht weit bis zur Autobahn, auf der er wieder der Leitplanke entlang zurückging, wieder den Autos entgegen, die jetzt, anders als am Morgen, in Zweier- und Dreier-Formation an ihm vorbeirasten. Er lief nicht schnell, und er bummelte auch nicht, und es konnte geschehen, daß er plötzlich wach wurde und die Graufarben der Autobahn in vielfältigen Abstufungen und Schattierungen wahrnahm und zugleich ein

Glücksgefühl spürte, weil einige dieser Autos wohl wirklich bis nach Pittsburgh oder New York und bis nach Montreal fuhren, es war alles wirklich, wie er es sah. Er wäre hinter den Planken geschützter gewesen, aber er hatte lieber den flachen Asphalt der Fahrbahn unter den Sohlen, er wollte nicht stolpern, er wollte dahintrottend sich ausruhen auf dieser leicht geschwungenen Autobahn, die mit dem Himmel die Farbe wechselte und nicht nur grau, sondern stahlblau und am Sonntag auch sonnengelb sein konnte.

Er öffnete die Türe zu Jims Haus und war froh, wenn er unbehelligt in den Keller kam. Er drückte eine Fernsehtaste und zog sich aus, er roch den Seifenschaum und drehte die Dusche so heiß, daß ihn der Wasserschwall fast verbrühte. Mit frischem Hemd und einer Hose, die er bei der Arbeit nie trug, stieg er hinauf ins Heimwehzimmer seiner Schwester. Sie rumorte in der Küche, er war jetzt für sie ein anständiger Mensch. Jim mixte verschmitzt, aber wortlos das erste Getränk und stellte das Tablett mit den vollen Gläsern so auf den Rauchertisch, daß sich jeder nur vorbeugen mußte in seinem Sofa oder Sessel, um mit der Hand einen Glasfuß umschließen zu können.

Er hing in der weichen Polsterung und wartete auf nichts, er war nicht hungrig und er war nicht durstig, niemand fragte ihn, wie er die Chips heute gebraten hatte, das war angenehm, er lag da wie ein ausgestopfter Wolf, von dem sie wußten, daß er ungefährlich war.

Sie hatten wie immer die Vorhänge gegen die Abendsonne zugezogen, draußen hätte man noch durch die Frühlingsluft spazieren können, aber sie hockten im verdunkelten Wohnzimmer und hörten deutsche Schnulzen. Ab und zu stellte sich vor dem Lunch Besuch ein, für ein halbes Stündchen, schließlich für eine ganze Stunde und länger, sie hatte kräftige Beine und hieß Nelly, sie war die Mutter von drei oder vier Kindern und kam vom Prater oder aus dem dritten Bezirk, mit endlosen Anekdoten vom Markt und der Umgebung der Rochuskirche. Er sah sie immer mit entblößten Zähnen lautlos lachend durch die Tür kommen, er sah zuerst ihre etwas auseinanderstehenden Schneidezähne, dann ihre kräftigen Beine und die Kunstseide ihres Kleides, das manchmal an Bauch und Hinterbacken festklebte. Immer dankte sie mehrmals für eine Geste oder das hingereichte Glas, ihm schien, als ob sie unentwegt lachte, geräuschlos und hingebungsvoll, sie nickte, wenn sie nur eine Gelegenheit fand, seiner Schwester und Jim zu, sie wagte oder gestattete es sich nicht, anders als am äußersten Ende des Sofas zu sitzen oder in einem Sessel.

Sie tauchte regelmäßig einmal, zweimal und

bald auch dreimal wöchentlich im Türrahmen des Wohnzimmers auf, später täglich, sie schien immer direkt vom Friseur zu kommen mit ihrem zu einem Lockenhaufen gefönten, struppigen Rothaar, obwohl er vermutete, daß sie wie seine Schwester mit Lockenwicklern und diesem Netz auf dem Kopf schlafen ging und mit Lockenwicklern und Netz auch aus dem Bett stieg. Sie saßen im Halbdunkel, und es war, als hätten sie alle den ganzen Tag nur darauf gewartet, hier sitzen zu können, zu trinken und Schnulzen zu hören. Er fragte sich, warum er sitzen blieb, warum er nicht aufstand und wegging, hinaus zu den kläffenden Hunden oder hinunter zur Autobahn oder noch einmal bis zum Stadtmuseum, aber er hing im Sessel und stieg nicht in seinen Keller hinunter, er genoß es, wenn sein Schwager sich aus dem Sofa aufrappelte, er genoß es, wenn seine Schwester ihm das Glas aus der Hand nahm, und Nelly lenkte ihn ganz und gar nicht ab, er blieb von jeder Art Prickeln unter der Haut verschont, er hatte nicht einmal Lust, sein Glas über ihrem Kleid zu verschütten. Von Zeit zu Zeit sagte er irgend etwas, ich habe die Fenster geputzt sagte er nie, ich habe die Kaugummibatzen abgekratzt sagte er nie, er wurde nicht ausgefragt, jeder hatte seinen Tag auf seine Weise herumgebracht, niemand fragte Nelly, ob sie oder wie sie die Wäsche gewaschen, getrocknet und gebügelt hatte, nie fragte jemand, ob und wie und was Jim an diesem Tag in seinem Büro gemacht, durchgemacht oder verbrochen habe, dagegen waren Parties und Todesfälle in Bekanntenkreisen ebenso wie die Blumen, ob und wie sie im Garten gediehen, immer ein Gesprächsthema, er haßte das nicht wie früher, obwohl er es immer noch haßte, aber es konnte ihn nicht mehr aus seinem Ruhesitz vertreiben, er wartete, bis Nelly ging, dann leerte er sein Glas, ließ sich aber, wenn Jim darauf bestand, noch eines füllen.

Wenn er den Gummischaber über die Fensterscheibe herunterzog, dachte er immer wieder, ich werde fliegen, ich werde fliegen, wenn ihr euch noch immer festkrallt an den Betonquadern des Gefrierkellers. Trotzdem waren es endlose Tage. Er sah an jedem Morgen die gleichen rechteckigen Straßen, keine verwinkelten Gäßchen, und die gleichen heruntergelassenen Rollos. Die Abfallsäcke stanken nicht, sie hingen schon in der Früh aufgeräumt und schlapp, nicht einmal die Ratten fanden etwas zum Wühlen, er stieg über die immer gleichen Treppen in den Gefrierkeller hinunter und stand in der immer gleichen Ecke vor dem Stapel der immer gleich aussehenden Chips-Schachteln, er mußte Wutspucke hinunterschlucken, wenn ihm der pickelige Manager einen Seifenstriemen da und in der

Fensterecke dort mit mehr als einer Kopfbewegung anzeigte, und er kratzte keinen Kaugummibatzen mehr mit seinen Fingernägeln von den Tischen, er holte sein Messer heraus und raspelte den Dreck mit der Schneide herunter. Er fing an, die Stunden zu zählen, wie er zuvor schon die Tage gezählt hatte, aber er wußte nicht, bis wohin er zählen sollte, er zählte am Morgen die Minuten bis zum ersten Kunden, der die Glastür aufstieß. Irgendwann begann es, er achtete nicht darauf, bildete sich ein, es nicht zu bemerken, nicht zu spüren, irgendwo im Keller oder auf der Stiege oder während er auf den Tischen des Restaurants herumwischte, zwischen dem Stimmengewirr mittags oder während er Ketchup in die Plastikfläschchen nachfüllte, irgendwann spürte er wieder dieses Kitzeln, zuerst kaum als Andeutung, dann dieses jähe Jucken, er schlug die Knie gegeneinander, es war nichts, ist ja nichts, sagte er sich, es durfte nichts sein, und doch konnte er nicht widerstehen, in der Toilette einen Blick darauf zu werfen, tatsächlich sah er nichts, aber er dachte weiter daran und fühlte sich anders bei jedem Schritt. Die meiste Zeit vergaß er sich zu beobachten, die meiste Zeit wußte er nichts von sich, sondern tat, was ihm zu tun aufgetragen war. Aber auf seinem grünkarierten Bett überfiel ihn Panik, er stellte sich vor den Spiegel des Waschraumes und nahm noch einen Handspiegel dazu und beugte sich hinab, und je öfter er das Licht im Bad anknipste und sich betrachtete, um so mehr verändert empfand er sich. Vergessen Sie alles, Sie haben nichts, absolut nichts. Also hatten sich die Ärzte geirrt, du darfst kein Kommunist sein, keine Tuberkulose haben und auf keinen Fall eine Infektion, gerade hier nicht. Er hätte es verheimlichen können, er hätte sich dazu zwingen können, doch je mehr er sich vornahm, dieses andere nicht zu spüren, desto mehr war es da, dieses Etwas, das er anders fühlte. Schließlich fragte er seine Schwester, ob sie einen Arzt wisse. Sie kannte einen Chirurgen, einen Inder, in dessen Warteraum kaum Patienten saßen. Er sah in das olivgraue Gesicht des jungen Arztes und verlor sein Mißtrauen, er drehte sich auf diese und auf die andere Seite, zog seine Wäsche aus, entweder war es die Gleichgültigkeit, mit der ihn dieser Fremde berührte, oder die Ruhe, die aus dieser Gleichgültigkeit in ihn eindrang, er entkleidete sich und grinste über die Bereitschaft, mit der er sich auslieferte, sag mir, was es ist, sag mir, woran ich bin, also ist es was oder ist es nichts? Ich bin ein Fall, ich bin ein Verbotsfall, dachte er, er hatte wieder dieses Gefühl: nicht dazuzugehören. Täglich schluckte er zwei Penicillintabletten und arbeitete hinter seinen Glaswänden weiter, er war ständig mit seinem Körper unterwegs, er fürchtete nichts so sehr wie den Verlust von Möglichkeiten. Als er nach einer Woche wieder im Untersuchungszimmer stand, erfuhr er, daß die Blutanalyse nichts ergeben habe, sein Arzt war ruhig, er wolle ihn operieren, sagte er ihm, er wolle seine Lymphdrüsen in den Leisten ansehen, er werde die Krebsgesellschaft der Stadt überzeugen und eine kostenlose Operation ermöglichen, vielleicht sogar drei Tage Gratisaufenthalt im Krankenhaus.

Seine Mutter schickte ihm eine Karte aus dem Meraner Krankenhaus, hoffentlich, schrieb seine Mutter, geht Dir alles in Erfüllung. Er wußte nicht, ob sie inzwischen wußte, daß sie langsam an Darmkrebs starb. In dem Öffentlichen Hospital, in das er für drei Gratistage, inklusive Operation, hineingelegt wurde, war jeder Raum, waren, wie ihm schien, auch die Korridore und die Liftkabinen nur halb beleuchtet, und alles, was er sehen konnte, die Wände, die Decke, die Türen, war blaßgrün gestrichen. Er lag in einem kleinen blaßgrün ausgemalten Zimmer mit dem Kopf an der Wand, rechts von ihm die grüne Türe und ihm gegenüber, Fußsohlen von Fußsohlen bloß durch einen halbmeterbreiten Gang getrennt, das andere Bett mit einem abgemergelten grauen Junggesellen. In Venedig hatte seine Mutter mit fünfundfünfzig Jahren in einer hölzernen Gehschule ihre ersten

Schritte wieder neu lernen müssen. In einem vierbeinigen Gestell, das auf kleinen Rädern festgeschraubt war, hatte sie nach drei Jahren ununterbrochenen Zubettliegens wieder gehen lernen müssen, gelähmt wie sie war, von der rechten Hüfte abwärts. Mit zwei Krücken wurde sie entlassen, eine Viertelstunde hatte sie gebraucht beim erstenmal, um die kurze Strecke von der Küche bis zum Schlafzimmer zurückzulegen, aber schon nach zwei Wochen schaffte sie es, die Küche mit nur einer Krücke in knapp einer Minute zu durchqueren. Als er sie drei Monate später, zu Weihnachten, besuchte, sah er ihr zu, wie sie sich mit ihrer steifen rechten Hüfte ohne Krücke und ohne Stock auf einen Stuhl, den sie an die Küchenkredenz herangeschoben hatte, hinaufstemmte, indem sie den linken gesunden Fuß zuerst auf den Stuhl stellte und, sich mit den Händen an der Bordkante der Küchenkredenz abstützend, das rechte gelähmte Bein hinaufzog. Sie lachte ihm mit stolz gekräuselten Lippen zu und machte sich, mit einem Bein auf dem Stuhl stehend, das andere nur zeitweilig absetzend, daran, die Glasscheiben der Kredenz und die oberen Aufsatzleisten mit einem Lappen zu säubern.

Er blätterte in dem obersten Heft des Stapels, der auf dem Stuhl neben seinem Bett aufgetürmt war, Indianerkriege mit historisch belegten Namen und Jahreszahlen, wie er aus den Fußnoten ersah, aber er hatte noch keine zwei Seiten gelesen, da stellte ein grüngekleideter schwarzer Sanitätshelfer schon eine Bahre neben sein Bett und gab ihm einen Wink, worauf er sich aus dem Bett auf den Rollwagen hinüberwälzte, drei Monate oder acht Monate, bei älteren Leuten weiß man nie, hatte sein Meraner Arztfreund ihm versichert. Im Keller seiner Schwester hatte er, während er sein Reisenecessaire packte, plötzlich ein heftiges Verlangen empfunden, mit einer Frau im Bett zu liegen, mit Nelly zu schlafen, er rief sie an, fragte, ob sie ihn ins Spital fahren würde, sie zögerte einen Moment, wiederholte dann aber ihr Ja mehrmals, er steckte die Präservativpackung, die er schon in Wien herumgetragen hatte, in die Brusttasche seines Rockes und wartete in einem der Sessel seiner Schwester vor verhängten Vormittagsfenstern auf Nelly. Sie brachte ihm einen erbsengrünen Perlonpyjama mit abgeschnittenen Hosenbeinen mit. Statt ihr zu sagen, fahren wir ins nächste Motel oder sie zu fragen, ob sie mit ihm noch die eine Stunde außerhalb des Krankenhauses irgendwoanders verbringen wolle, sagte er danke schön für den Pyjama und ließ sich eine Stunde zu früh in das Hospital fahren, und als der schwarze Sanitätsgehilfe ihn zum Operationssaal rollte, warf er die Präservativpackung in die Müllsäule neben dem

Lift. Auf dem Operationstisch liegend dachte er, während ein anderer schwarzer Sanitätsassistent sich über seinen Bauch beugte und die Schamhaare einzuseifen begann, die Saaldecke senkt sich, sie senkt sich, weil ich in den ovalen Spiegel über mir schaue. Der Spiegel war fast so groß wie der Operationstisch, auf dem er mit gestrecktem Rücken lag, er beobachtete jede Bewegung des dunkelbraunen Armes, der die Rasierklinge führte. Er sah wieder den papeligen Arm seines Bettnachbarn in der Hautklinik und die Orange in seiner Hand, du, sagte er, da liege ich wieder auf dem Rücken, mitten in der Freiheit, mit leicht gespreizten Beinen. Den Einstich für die lokale Betäubung hatte er kaum mitbekommen, er sah aber deutlich wieder die von der Hundepisse gelb gesprenkelten Schneehaufen vor dem Wiener Spital und überquerte das grauverschneite Trambahngleis, streifte mit den Fingerspitzen den Mauerverputz des Grauen Hauses und saß in der Straßenbahn, unter Menschen, die nicht zusammenzuckten, als sie an dem verschneiten Rücken der Kaiserin Maria Theresia vorbeifuhren, zwischen dem Natur- und dem Kunsthistorischen Museum. Unter den Lampengirlanden und den silbernen Sternen auf der Kreuzung der Mariahilferstraße zog er unwillkürlich den Kopf ein, die Katze sprang ihm ins Genick und er leckte ihr, auf dem Teppich kniend, das Fell, und die Schneeluft wehte ihn an, bis er wie berauscht die Balkontüre schloß und nicht einmal mehr den vertrockneten Katzenkot roch. Du wirst, sagte ihm sein Arzt, alles mitansehen können, aber du wirst keinen Schmerz spüren, wirst keinen Schmerz spüren, sagte er zurück in das olivenvertraute Gesicht und sah die Messer, die der schwarze Assistent zur Auswahl anbot. Er wußte, daß er dem Arzt antwortete, daß er ihn verstanden hatte und daß er noch immer zu antworten versuchte, aber er wußte nicht mehr, ob und wann ihm dies alles gleichgültig geworden war, weil ihn das Schauen ganz ausfüllte, er hoffte, daß das Skalpell scharf geschliffen war. Als die Spitze in sein Fleisch drang, ohne daß er die Verletzung fühlte, wollte er Weitermachen! Weitermachen! rufen, er sah im Hohlspiegel über sich den Arzt, der mit einem Löffelchen in seinen Körper fuhr und nicht aufzuhören schien, ihn auszulöffeln, so wie er auch pausenlos seinen Körper zu schließen schien, immer wieder sah er die Hand, die seine Wunde zusammenzufädeln bemüht war, er konnte sich auf die Dauer nicht mehr darauf konzentrieren, er war nicht imstande, den letzten Nadelstich zu beobachten. Als er wieder die Augen öffnete, sah er zu seinen Füßen den grauen Amerikaner ziemlich ungeduldig in Papieren blättern, also bist du doch älter geworden, dachte er, liest und drehst Papierblätter um. Sie grüßten einander, der Grauhaarige und er, kopfnickend.

Einige Augenblicke lang spürte er so etwas wie Mitleid für das beruhigte Gesicht seiner Mutter, wie er es zuletzt gesehen hatte im Spital, sie gaben ihr Tabletten gegen Arterienverkalkung, und sie hörte keinen Ventilator mehr hinter der Wand, sie vertraute jedem Arzt wie einem Gendarmen, in einem Krankenhaus konnte ihr nichts passieren, er regte sich über ihre Furchtlosigkeit auf. Aber vielleicht irre ich mich, sagte er sich. Er dachte darüber nach, wie das war, als er zum letztenmal mit seiner Mutter außerhalb des Spitals allein gewesen war, damals, als er Mena gerade erst einige Monate kannte und noch ohne Mena nach Hause gefahren war, zwei, drei Tage lang hatte er mit der Mutter alleine in der Wohnung gelebt, aus der sein Vater herausgestorben war, in der Küche hatte er mit ihr geschwiegen oder geredet, sie angehört und sich anhören lassen, Menschärgeredichnicht hatte er mit ihr gespielt und den Herd eingeheizt, und obwohl er kein Riese war, hatte er sich zwischen Herd und Küchentisch nur mit Behutsamkeit bewegen können, alles war enger geworden, im Rücken hatte er entweder die Küchentür und dahinter den Abstellgang, wo der Vater die Mehlwürmer in Kisten für die Singvögel gezüchtet hatte, oder, wenn er andersherum stand, das Küchenfenster. Stand er so, daß er durch das Küchenfenster schaute, hatte er rechter Hand das Waschbecken mit dem Wasserhahn und nochmals rechts davon auf einem Stellbrett an der Wand das von Küchenrauch und Fetten abgeschmergelte Radio, die Welt mit den Nachrichten und dem Münchner Kaufhof als Dauerreklame, linker Hand die Kredenz, die er selbst schon zweimal weiß lakkiert hatte, die aber trotzdem immer wieder gelb geworden war. Wenn er sich umdrehte und drei Schritte vorwärts machte, war er eingezwängt zwischen Herd und Küchentisch, wo seine Mutter in der Nische zwischen Tisch und Tür mit abgespreizten Beinen auf der Stuhlkante saß, so daß er über ihr Bein steigen mußte, wenn er wegging. Seine Mutter keifte ihn nicht an, sie vermochte ihr Bein nicht zurückzuziehen, er hatte es schließlich nicht mehr ausgehalten zwischen Tisch und Herd und dem vorgestreckten Bein der Mutter, fast ohne ein Wort, ohne Erklärung war er mit seinem Handkoffer zur Autobushaltestelle gerannt und mit dem nächsten städtischen Bus zum Bahnhof gefahren und mit einem Lokalzug nach Bozen und von dort nach einem einzigen Umsteigen in Innsbruck mit dem Schnellzug nach Wien. Mena war nicht in der Wohnung, er lief zu Freunden, die über seine Aufregung lachten, sie wird, sagten sie, über

Weihnachten zu ihrer Mutter gefahren sein, er ging langsam durch die Lerchenfelderstraße hinunter, an den Orangenpyramiden der Lebensmittelgeschäfte vorbei, er tippelte die Ringstraße ab, er suchte sie in den Kaffeehäusern, wo sie am liebsten herumgesessen waren, er suchte sie auch in den Buchläden, er stand auf vielen Gehsteigen herum, wandte den Kopf links und rechts, wenn er die Fahrbahn langsam, fast zu langsam überquerte, er stieg in Straßenbahnen ein und wieder aus, ermattet lag er im ungeheizten Zimmer und ging am Morgen weg, um Milch und Brot zu kaufen. Als er zurückkam, steckte der Schlüssel von innen, und Mena machte ihm die Tür auf, auch sie war von daheim weggegangen und hatte ihre Mutter zurückgelassen bei ein paar Flaschen Bier.

Er habe kein Karzinom und er habe auch sonst keine ansteckende Infektion, sagte ihm der Arzt nach drei Tagen, vermutlich sei er gegen bestimmte chemische Substanzen allergisch, er habe wahrscheinlich ein Antibiotikum genommen, gegen Halsweh oder Grippe, und es nicht vertragen, eine Medikamentenallergie, die heutzutage immer häufiger vorkomme, im übrigen sind Sie völlig gesund, sagte der Arzt, leben Sie, als ob Sie nie in einem Spital gewesen wären, und er drückte ihm die Hand.

Er hinkte auf die Straße hinunter und spuckte

vor Freude auf den Gehsteig. Leben Sie, als ob Sie nie krebsoperiert worden wären, sagte er sich.

Nelly erwartete ihn auf dem halbleeren Parkplatz vor dem Rekrutierungsbüro der Nationalgarde, und kaum hatte er sich neben sie auf den Sitz gezogen, schob sie ihm, verschämt in den Rückspiegel lächelnd, ein Briefkuvert zu. Er schlitzte es mit einem Finger auf und fand darin ein paar alte Silberdollars, abgegriffene Münzen mit den Köpfen amerikanischer Präsidenten, er schob die Köpfe der Präsidenten auf seinem Handteller hin und her und sah die Frau an, die den Zündschlüssel umgedreht hatte und den Wagen anrollen ließ, durch die Windschutzscheibe sah er die Plakataufschrift der Rekrutenwerbung, und als sie um den Häuserblock herumfuhren, fing er mit einem Blick auch sein Drive-in ein, er steckte das Geld in die Rocktasche, sagte nichts, sondern zerknüllte den Umschlag, steckte auch das Papierknäuel in die Rocktasche, mit einer Schläfe lehnte er an der Scheibe der Seitentür, danke, sagte er nach einer Weile, als sie schon auf die Autobahn eingebogen waren, und erst dieses Danke ließ ihm das Blut ins Gesicht steigen, er ließ sich von ihr in einen Park fahren, fast fünfzig Meilen vom Haus seiner Schwester entfernt, er ließ sich von ihr auf einer Bank, seine Füße im weißen Kies, fotografieren, er hatte die Präsidentenmünzen in der Tasche und sagte ihr, daß er für seinen Arzt völlig gesund sei, er lächelte, als sie ihm zurief, er solle lächeln, er lächelte in das Frühlingsgras des Parkes und stemmte das rechte Bein steif von sich.

Er roch Nellys Haut, als sie sich neben ihn setzte, er spürte ihre Aufregung, weil er selbst erregt war, es erregte ihn, daß sie ihm Geld geschenkt und daß er es angenommen hatte, sie machte ihm seine Bestechlichkeit bewußt, es beschleunigte seinen Atem, daß er vier oder fünf alte Silberdollar wert war, und dies verursachte das einzige Zittern, das er für Nelly aufzubringen imstande war. Im übrigen wollte er nach Norden fahren, aber sie fuhren in die Gegenrichtung, nach Memphis, in die Baumwollstadt, weil Nelly dort einen Greis betreute, der über Zeitungsinserate sein Haus angeboten hatte für entsprechenden Familienanschluß, den er dann doch nicht in Anspruch zu nehmen gewillt schien, vielmehr begnügte er sich mit Nellys allmonatlichen Besuchen.

Durch die herabgelassenen Hoteljalousien schimmerte dünn das Nachmittagslicht, es reichte gerade, um in dem weitläufigen Apartmentzimmer das enorme Doppelbett umgehen zu können, ohne anzustoßen. Nelly hatte mit dem Kinn auf dem Lenkrad gelacht, wenn er auf einen Wiesenfleck oder einen Baum mit dem Finger gezeigt hatte, sie nickte, als hätte sie ihn verstanden, sie wollte ihn verstehen, und sie wollte ihm das Baumwollfest der Schwarzen in Memphis zeigen. Der Mississippi war und ist, sagte sie, nichts als ein schlammiges schmutziges Wasser. Ihm fiel auf, daß seine Fingernägel weiß waren, weiß wie das darunterliegende Fleisch, als sie sich zwischen Betonklötzen und sonntäglich gekleideten Schwarzen zum Flußufer der Stadt hinunterdrängelten und ohne ein Wort das Hotelzimmer ansteuerten, das Nelly vorbestellt hatte. Auf dem Gehsteig waren sie hin- und hergeschoben worden, waren sie eingeklemmt gewesen zwischen Menschenleibern, jetzt fühlte er sich, plötzlich herausgelöst aus diesem Gewühl, wie aufgebahrt, nackt und kühl mit den Operationsbandagen auf diesem quadratischen Bett. Kaum hörbar blies die Luftkühlung, Nelly war im Bad verschwunden, mit den Fingerspitzen hatte er die Lamellen der Jalousien angetippt, ohne sie hochziehen zu wollen, er ruhte auf dem Bett, ohne Neugier, ohne Verlangen, ohne irgendeinen Wunsch, außer vielleicht dem, allein sein zu können. Er sah im Dämmerlicht die Umrisse eines Radioapparates und eines Telefonhörers, ein Teppich lag als dunkles Viereck zwischen Bett und Tür, er hörte Nellys schwere Füße und sah, wie sie auf Zehenspitzen zu ihm kam in einem Perlonhemd, mit einem Gesicht, das sich zu ihm herunterbeugte, er roch die Cremes ihres Make-up, und alles in ihm konzentrierte sich auf die Geräusche, die gedämpft von der Straße herauf durch die Rollos drangen. Nach einer Weile berührte er Nelly mit der flachen Hand, die er wie zur Versöhnung ruhen ließ auf ihrem Bauch, erst allmählich nahm er wahr, wie sich seine Hand mit ihrem Atem hob und senkte, er wußte nichts von ihr, oder kaum etwas, und wollte auch nichts, ganz und gar nichts von ihr wissen. Sie knetete seine Haut hastig und gehetzt, als ob das Telefon jeden Moment hätte schrillen müssen, als ob sie darauf gewartet hätte. Seine Operationsschnitte waren mit dickem Pflaster zugepolstert und verklebt, seine Hände lagen an ihren Wangen.

In der Busstation ließ er sich am Imbißkiosk noch einige dieser fingerdünnen, fingerkurzen gebratenen Würstchen auf einem Pappteller reichen, sie sah ihm zu, wie er Stück für Stück in Senf tunkte, zerkaute und schluckte, während er die Arbeitsgriffe des Mannes hinter der Kioskscheibe beobachtete, er hätte dem Mann am liebsten die Hand geschüttelt für jeden Fettfleck an der Scheibe. Nelly selbst wollte keinen Bissen tun. Kanada, hatte er gesagt, als sie ihn fragte, wohin er fahren wolle, zu einem Freund nach Quebec, und sie hatte ihm ein Ticketheftchen nach Quebec gekauft, Nelly mit dem roten Haar, das sie in der Nacht vor der Fahrt nach Memphis wohl in eine Netzhaube eingewickelt hatte, sie lachte ihm mit weggezogenen Lippen zu, als der Bus anrollte, und er sah ihre etwas auseinanderstehenden Schneidezähne und die Schlenkerbewegungen ihrer Hand, bis er nicht mehr denken mußte: ich will es wegdenken, es ist vorbei. Bald konnte er sie nicht mehr sehen, so weit er auch den Hals zurückdrehte. Das Motorengeräusch, die Bewegung, die sich von den Rädern auf die Sitze übertrug, lief wie ein sanfter Strom durch ihn hindurch, er preßte sich in sein Plüschpolster, hinter dem bläulichen Busfenster verschwamm die Baumwollebene in der Dämmerung. Are you kidding me? hörte er Nelly lachen, und wenn er die Augen schloß, war es eine kreischende Frage: warum beleidigst du mich. Allein sein, niemandem antworten müssen, das ist ein Anfang, dachte er und reckte sich eine Zeitlang wie ein Neugieriger auf seinem Polstersitz, er saß tatsächlich allein, der Sitz neben ihm, Menas Sitz, war frei. Er hatte Mena tanzen gemacht, tanz, Mena, hatte er zu Mena gesagt im Ballsaal des Gasthofes Wimberger, und war selbst am Tisch sitzengeblieben. Er hatte sie nicht belauert, er hatte sie nicht begafft, er hatte sie nie Wange an Wange mit einem anderen tanzen sehen, aber es reizte ihn die Vorstellung, daß es so gewesen wäre, er wollte etwas aufs Spiel setzen, vielleicht auch ein wenig Grausamkeit spüren gegen sie und gegen sich, und um Mitternacht hatte er Mena befohlen, gegen alle zu tanzen, als die Jury antrat, um die Ballkönigin zu wählen. Mitten unter den Tanzschülerinnen, deren Hausball es war, sollte sie gegen alle tanzen, und am Rande stehend hatte er zugesehen, wie sie in ihrem selbstgeschneiderten Zigeunerkostüm mit einem erstarrten Lächeln ihre Spiralen drehte vor der Mauer verärgerter Mädchen und deren Freunden, und manchmal mit einem Fuß aufstampfte, es war nur noch dieses Aufstampfen zu hören und sein Klatschen, als einziger hatte er ihr zugeklatscht.

Er hatte keine Baumwolle gesehen und den Mississippi nur als langes Schlammwasserband, er kniff die Augen zusammen und nickte niemandem mehr zu, manchmal flackerten Lichter auf, und er hob die Augendeckel, wollte Tag und Nacht fahren, wie er es sich an jedem Morgen hinter den Glasscheiben, die er putzte, gewünscht hatte: durchzufahren und nichts als das Geschütteltwerden zu spüren, das Vibrieren des Sitzes, er schaute flüchtig auf Ebenen und Hügel, er hörte, wenn er wach oder halbwach war, einzelne Stimmen oder plötzlich ein Stimmensummen. Mitten in der Nacht konnte der Bus lichtüberflutet sein und angeschnarrt von Lautsprecherstimmen, die lauter waren als die Worte hinter oder vor ihm, und er setzte seine Füße neugierig auf den von Benzin und Spucke gedunkelten Asphalt der Autobushallen, er stand völlig unerwartet im Gewimmel einer Busstation, in Nashville oder Cincinnati, schlenderte an Zeitungskiosken vorbei, an Süßwarenkojen und Souvenirboutiquen. Als erstes suchte er immer die Stirnseite der Halle, wo er auf der Riesentafel seine Abfahrtszeit lesen konnte und die Nummer seines nächsten Busses. Einmal, als sein Anschluß-Bus erst in zwei Stunden abgehen sollte, beschloß er, um sich die Zeit zu vertreiben, irgendeiner Person in der Halle auf Schritt und Tritt zu folgen, und während er dies dachte, beobachtete er einen Mann, dessen Hosenbeine gelbe Socken sehen ließen. Er hatte die Statur eines Schwerathleten und doch ein versonnenes, nachdenkliches Gesicht, er trug einen mausgrauen breitkrempigen Hut, die Gabardinejacke saß ihm zu eng. Ein überarbeiteter Buchhalter, dachte er, als sich der Mann ein metallenes Aktenköfferchen zwischen die Beine klemmte, oder ein Versicherungsvertreter, oder ein ausgekochter Geizhals aus dem Mittelwesten. Der Mann durchquerte unerwartet die Halle, verfiel in eine Art Laufschritt, er sah die Hand mit dem Metallköfferchen über einige Busperrons schwenken und schließlich auf einen Ausgang auf der anderen Seite der Halle zusteuern. Auf dem Gehsteig vor der Halle stand die Gabardinejacke fast in Greifnähe, der Mann machte ein paar Dutzend Trippelschritte, ohne sich vom Fleck zu rühren, und stierte die Häuserfront gegenüber an, es war ein oder zwei Uhr in der Früh. Nach wenigen Minuten kehrte der Gabardinemann in die Halle zurück und suchte sich eine Stelle, wo er sich ungestört an die Wand lehnen konnte, und an der Wand schrieb er einige Zeilen in ein Notizbuch, das fast zur Gänze in seiner Handhöhle verschwand. Er blickte sich nicht um, als er das Notizbuch in eine Jackentasche steckte, schaute jedoch wie zufällig in seine Richtung, als ob er ihm hätte zunicken wollen. Kaum zwei Meter lagen zwischen ihnen, so daß er mit einem Sprung das Metallköfferchen hätte erreichen können, aber der andere löste sich mit dem Rücken von der Wand, hob das Köfferchen auf sein hochgezogenes Knie und trommelte mit den Fingern darauf herum. Zwischen zwei und halb drei aßen sie beide am selben Imbißstand ein Hot dog-Brötchen, sie wechselten kein Wort. Als der Mann langsam vom Kiosk wegging, überholte er ihn und stellte sich ihm in den Weg, er hielt ihm einen Dollar hin und fragte, ob er vielleicht Kleingeld habe. Erst jetzt sah er das schwammige Gesicht dicht vor sich, die zwei blauen Augen, die ihm wimpernzuckend entgegenstarrten, nein, mein Herr, zischte der große Mund unerwartet laut, und gleichzeitig fuhr eine Faust herunter und schlug ihm den Dollar aus der Hand.

Er wechselte schnell die Busse, bummelte durch keine Stadt, bei Tag sah er sie im Vorbeifahren von der Autobahn herunter, ein paar Wolkenkratzer, die City mit den Banken und den Bürohochhäusern, nicht weit davon die flach dahinwuchernden Baracken- oder Holzvillenstädte. Bläulich flog hinter der getönten Scheibe das Grün der Weideflächen vorbei, endlose Kornebenen, die wie mit gelbem Schimmel überzogen waren. Knapp unter den Augen immer die Leitplanken der Autobahn, er hatte eine Koffertasche, die klein genug war, daß er sie in den Bus hereinnehmen durfte, an den Haltestellen trank er Wasser, wenn er einen Leitungshahn fand, oder er kaufte sich eine Dose Cola, selten ein Bier, langsam gewöhnte er sich an ein fast betäubendes, nicht wirklich schmerzhaftes Eßverlangen, er fühlte sich skrupellos und angenehm schwach, er hatte ein Ziel, Quebec, obwohl es genausogut Sacramento oder El Paso hätte sein können. Er fuhr einige Tausend Kilometer hinauf zu den kanadischen Seen, ohne einen einzigen Satz mit einem Menschen ausgetauscht zu haben, außer Thank you und Excuse me beim Platzmachen oder Platzersuchen benötigte er keine Worte. Daß er sich auf seinem Greyhoundsitz trotzdem stets ausgesetzt fühlte und eigentlich ununterbrochen mit einer plötzlichen Anrede rechnete, war alles, was er mit der Vorstellung von Abenteuer noch zu verbinden vermochte, alles übrige ging allmählich in eine zunehmende Gleichgültigkeit über. Es gefiel ihm vieles, aber es zog ihn nichts an. Er fuhr, um zu fahren, er spürte seine Operationsschnitte, die er sitzend zusammenquetschte, und die Pflasterpölster zeigten dunkle Flecken im Toilettenlicht. Ich könnte, sagte er, genausogut tagelang, nächtelang von Island nach Sizilien fahren. In Wirklichkeit war für ihn nur das Fahren wichtig, fahrend wurde ihm bewußt, daß er diese Fahrt, die möglichst lange dauern und weit weg von zu Hause ablaufen mußte, hinter sich zu bringen hatte, er wünschte nichts so sehr wie das Ende dieser Fahrt. Insgeheim hoffte er auf nichts Unerwartetes und wünschte sich dennoch die Verwandlung: Ich möchte so frei sein wie Mena.

Wenn er aus dem Bus stieg und aus der gekühlten Luft auf die Straße trat, prallte er auf eine Hitzewand, die ihm den Atem nahm. Ein einziges Mal, vielleicht war es in Columbus oder in Pittsburgh, nützte er eine Stunde bis zur Abfahrt des nächsten Busses und überquerte den Platz vor dem Stationsgebäude, er schritt auf einen Wolkenkratzer zu und konnte unbehindert in die offenstehende Liftkabine treten, drückte den obersten Knopf, den vierundvierzigsten oder achtundvierzigsten, und als der Aufzug hielt und er hinausschritt über einen weichen Teppichboden, wurde er vom Empfangspult her gerufen, man wollte seinen Namen wissen, die genaue Uhrzeit, zu der er angemeldet sei, er stand in der Rezeptionshalle eines Konzerns. Wie selbstverständlich respektierte man seinen Wunsch, einen Überblick über die Stadt zu bekommen, eine Frau führte ihn über eine Treppe hinauf in eine Aussichtskuppel und ließ ihn in die vier Windrichtungen schauen; danke, sagte er und fuhr mit dem Lift wieder hinab und überquerte den Platz, um wieder einzutauchen in die kühlgefächelte Luft der Busstation.

Noch vor Mitternacht hielt der Greyhound in Buffalo, und vor einem Werbeplakat der Niagarafälle stehend bildete er sich ein, das dumpfe Tosen des herabdonnernden Wassers zu hören. Er hätte nur auf einer Bank in der Wartehalle einzunicken brauchen und eine oder zwei Stunden später einen anderen Bus nehmen müssen und hätte eines der sieben Weltwunder, die er in der Schule immer wieder heruntergeleiert hatte, mit eigenen Augen sehen können, aber er wollte keine Stunde verlieren, nur bald bei seinem Freund in Quebec ankommen, er wollte mit einem Menschen reden, der mit Mena und ihm

Speckknödel auf dem weißgedeckten Nähtisch gegessen hatte in dem Zimmer mit dem langen Fenster und der Bücherwand. Mit jemandem zusammensein, der das andere wußte und ihn jetzt sehen und hören konnte, als ob Mena dabeigewesen wäre, ja, das war es vielleicht, daß er Mena besuchen wollte, wenn er seinen Freund in Quebec besuchte, diesen Freund, mit dem sie einmal über die Schwellen einer Lokalbahn gewandert waren, parallel zu einem Donauarm.

Er kam bei nachtschlafener Zeit an, gegen vier Uhr früh wählte er in einer Telefonkabine der Haltestelle die Nummer seines Freundes, und die Nummer war nicht besetzt, er hörte nach einigem Warten die Stimme, die er kannte, stokkend und gedehnt, er fühlte sich für Sekunden beinahe behütet. In der unmöblierten Zweizimmerwohnung schlief er ein paar Stunden auf dem Parkettboden, eingerollt auf einer dünnen Matratze. Zwischen ihm und seinem Freund lag verknäuelt eine graue Katze, mit dem Kopf stieß er, wenn er sich rührte, an Bücherstapel. Am Morgen gingen sie in eine Kneipe, wo sie Spiegeleier und Schinken schon um sieben Uhr bekamen. Der Freund arbeitete im Straßenbau, für ihn mußte er sich krankmelden, um einen Tag frei zu bekommen, sie setzten mit einem Fährschiff über den Sankt-Lorenz-Strom, aber es gab plötzlich über Mena nichts zu sagen. Trotzdem hätte er ihr gerne das graue Wasser gezeigt, und beide hätten sie wohl einander darauf aufmerksam gemacht, daß es von der Mitte des Stromes aus kein Ufer mehr zu sehen gab, er war noch immer daran gewöhnt, sie und seine Freunde in alles einzubeziehen, und so wies er seinem Freund mit ausgestreckter Hand die Richtung, wo er einen seltsamen Wirbel bemerkt hatte, der Freund lachte, und im Vorbeirauschen konnte auch er einen Baumstrunk ausmachen, um den sich die Strömung drehte. Der Himmel war so breit wie der Fluß; nur nicht klein beigeben, nur nicht schlappmachen, redete er sich zu, das Ziehen des Wassers ängstigte ihn nicht, wenn es möglich gewesen wäre, hätte er sich hinabgebeugt und die Hand eingetaucht. Am Abend hockten sie in einem verrauchten Lokal, in dem gesungen wurde, sie tranken Rotwein und hörten den frankokanadischen Liedern zu, sie erzählten einander wenig, grinsten in das Kerzenlicht auf ihrem Tisch und hatten schrille Obertöne im Ohr: Liberté, Liberté.

Am nächsten Tag fuhr er nach Montreal zu einem anderen Freund, der an Menas Nähtisch gegessen und getrunken hatte. Seine Eltern hatten als Halbwüchsige das Konzentrationslager überlebt, Dave oder Charly, wie er ihn in Wien genannt hatte, küßte ihn wie ein Italiener auf beide Wangen. Mach dir nichts draus, sagte er ihm, auch wenn ich nicht weiß, wie du dich fühlst. Dave arbeitete seit einem halben Jahr im Laboratorium einer Kunststoffabrik und bewohnte eine geweißte Etagenwohnung in einem Neubau am Rande des Flughafens. Ich beschaffe dir alles, raunte er ihm zu, Katzenfell, Muschis, Wärmeflaschen, und was du essen magst und darfst, nur nimm dich in acht vor der jungen Hausmeisterin, die ist scharf auf mich, sie beißt dir die Wundnähte auf, aus reiner Bosheit, und weil sie ein bißchen geil ist. Doch er sah diese verführerische Hausmeisterin nicht ein einziges Mal, und auch er blieb unauffindbar, fast zwei Wochen lang. Wenn er am Morgen erwachte, meistens mit dem Grauwerden des Tages, war Daves Matratze an der Wand gegenüber immer leer, er selbst hatte ein Feldbett, so hart, wie es ihm von jeher am liebsten war, er wollte nicht aufwachen, er wollte wenigstens ein paar Tage, wenn möglich ein paar Wochen schlafkrank sein, er wollte nichts denken. Er liebte den Geruch des Leintuches, des Kopfpolsters, er hörte keine Stöckelschuhe über sich, es rief ihn niemand, er rollte sich auf die andere Seite und öffnete kein Auge. Später, gegen Ende der ersten Woche, lag er oft unbeweglich da, in diesem Zimmer im zweiten Stock, er hörte, während er zur weißgetünchten Decke schaute, das Herandonnern der landenden Jets und das Hinaufdonnern der gestarteten

Jumbos, es war ihm nie langweilig, auch dann nicht, wenn er in Nellys hellgrünem kurzen Pyjama vor einem der zwei Fenster stand, mit einer Schale Tee oder Milch in der Hand, und auf die Flugpisten starrte, die gerade so weit entfernt waren, daß er ihren Verlauf einigermaßen erahnen konnte. Er blätterte manchmal in Daves Sexmagazinen und deklamierte laut den einen oder anderen Satz aus dessen Chemiefachschriften, sie hörten sich gut an, diese chemischen Formeln, vermischt mit Sound und Rock und den Durchsagen des Radios, das er willkürlich auf- und abdrehte. In einer solchen Neubauwohnung, nur einige Stockwerke höher, hatte er mit Mena das neue Leben begonnen, mit blauen Tausendschillingscheinen, die er am Monatsende auf das Bett geblättert hatte, sie hatten diese achtundvierzig Quadratmeter ausgeschritten wie ihre Erde, und sie dachten nicht an die dünnen Betonwände und die Eisentraversen unter und über sich, alles war weiß und rechtwinklig, ohne Aussicht auf etwas anderes als den nächsten gleich aussehenden Wohnblock, schräg gestellt, mit einem schmalen Durchblick auf die Donau, bei nebelfreiem Wetter und guter Kenntnis der richtigen Perspektive, und, vom Balkon aus, auf das oberste Segment des Riesenrades. Sie genossen ihr Glücksgefühl, schritten die zentralgeheizten Räume aus und ab, den Eingangs- oder

Vorraumschlauch, rechts das Klo, daneben der winzige Abstellraum, ein fensterloses Meditationsloch, und dann die Küche, und ohne Durchgangstür daneben das Bad, am Ende des Eingangsschlauches schließlich die Tür zum Wohnzimmer, die sie aushängten. Rechts von der Wohnungstür die Tür zu Menas späterem Näh- und aller Eßzimmer, dessen eine Seite sie mit einem violetten Satintuch bespannt und davor die Bücherstellage aufgebaut hatten. In dieser weißen, nie ein zweitesmal von ihnen geweißten Neubauwohnung im neunten Stock hatten sie einander älter werden lassen, sie hatten sich an alles gewöhnt und allmählich auch daran, im anderen das einzige Hindernis zu sehen für ein anderes Leben, dort hatte er sich gegen die Langweile gewehrt, die er immer verleugnet, abgeleugnet hatte, sie war dort mit den Sanseverien in blassem Immergrün gewachsen, und gleichzeitig hatte er sich angewöhnt, für nichts und wieder nichts Vergeltung zu üben, immer am Naheliegenden sich zu rächen, für nichts und wieder nichts oder eigentlich nur wegen der besonderen Nähe. Nie war er mit Mena unglücklich, nie wollte er von ihr weggehen, immer wollte er in die hinterste Ecke der Höhle kriechen und sich die Wunden lecken lassen, vor allem wollte er möglichst viel gleichzeitig tun, auch gleichzeitig hinnehmen, wenn es sein mußte, und so wartete er auf das für Mena zermürbende Schrillen des Telefons und flog mit dem Lift abwärts und hinüber in die Wachauer Gasse, wo Hannas zitronengelber Wagen zwischen Skodas und Volkswagenkäfern leuchtete. Mit Schritten, die sich Hannas Schritten anpaßten, streifte er im Prater an Weißdornhecken vorbei und kehrte vor oder nach Mitternacht heim und legte sich mit den fremden Gerüchen neben Mena.

Regelmäßig am späteren Nachmittag stellte sich Dave ein, er schleppte einen Sack mit Obst, Milch, Steaks, Bier und Gemüse in die Küche und erzählte von der weißhäutigen Hausmeisterin, die ihm schon wieder die Haustüre aufgemacht hätte, aber es gebe noch eine erkleckliche Anzahl anderer Mädchen und Frauen, mit denen sich ins Gespräch zu kommen lohne, wenn man nur den richtigen ersten Ton anzuschlagen verstünde, Mensch, stieß er ihn unvermittelt an, du mußt raus, endlich raus aus dieser Nebelbude, es ist höchste Zeit, wenn du nicht grau werden willst hier. Ob er sich schon einigermaßen fühle, fragte er ihn dann, und ohne auf seine Antwort zu warten, kramte er eine weiße Jeans aus dem Wandschrank und warf ihm auch ein blaues Hemd zu. Sie tranken zusammen ein Milkshake mit hellem Rum und fuhren in Daves keuchendem Pontiac ins jüdische Viertel, vorbei an

Windgebäckhäusern, bizarren ein- und zweistöckigen Villen, die aus reiner Stukkatur gemacht schienen, Gipskopien von Erinnerungen. Dave, der keine Familie, höchstens entfernte Verwandte, eher aber nur Bekannte in Kanada hatte, Bekannte seines Vaters, der ihn von Wien aus mit Argusaugen lenkte und dem Dave in allem gehorchte, wie ihm schien. Dave hatte die feste Absicht, ihn in die Häuser der mit ihm bekannten Familien einzuführen. Du mußt dich nur wie in einer Familie fühlen, dann kannst du dir auch die Arbeit aussuchen.

An diesem Abend saß er mit Dave in einem Wohnzimmer, dessen Einrichtung ihn an das Mobiliar seiner Tante erinnerte, er sah Tassen und Tellerchen des Kaffee- und Teeservices und die Wein-, Champagner- und Likörgläser hinter polierten Vitrinenscheiben in dekorativer Anordnung. Jeder, der ins Zimmer trat, schüttelte ihm die Hand, er sprang sofort aus dem Sessel, auch als die Tochter des Hauses hereinkam und ihnen vorschlug, zusammen einen kleinen Bummel zu unternehmen.

Sie kamen bis zur Bar in der nächsten Straße und aßen jeder einen Teller Chips mit Ketchup, Sonja hatte glattes Haar und ein ovales, fast schönes Gesicht, aber auch sehr streng gezogene Lippen, die ihm jedes Wort abschnitten, bevor er es noch ganz herausgebracht hatte. Nur Dave schien sich wohl zu fühlen, er hatte einen fixen Plan für ihn ausgeheckt, einen Beschäftigungsplan, der ihn für Wochen versorgen sollte, du streichst, sagte er, das ist sehr einfach, du kannst es auf jeden Fall, die grauen und schwarzen Garagentore des Judenviertels, sagen wir mahagonibraun oder schokoladenbraun, mach irgendeine Verzierung, einen roten oder einen orangen Rand, oder teil jedes Garagenfeld in vier Malflächen, male um die Braunflächen etwas in Rot, du kannst dir nicht vorstellen, wie viele Menschen du auf diese Weise kennenlernen wirst, wie viele Familien und wie viele Frauen. Nimm das dunkelste Braun, riet er, mußt dir sowieso zuvor alles kaufen, die Rechnung zeigst du später, nimm das dunkelste Braun, du kennst die Sonne hier nicht, sie schleckt dir jedes Mahagonibraun in Mausgrau um. Noch mehr müsse er mit dem Rot aufpassen, sagte Dave, das wichtigste sei die sparsame Verwendung von jeglichem Rot, und zwar nicht nur für den Rand, sondern auch für die harmonische Aufteilung der Garagentür. Für den nächsten Morgen hatte Dave schon einen Kunden, Sonjas Vater, er solle sich nur die Farbdosen beschaffen, und dann zehn Dollar die Stunde.

Er begann seine Arbeit kurz nach sieben mit einem Zweizentimeterpinsel und zwei Farbdosen, zwei Kilo Braun und einem Kilo Rot, auch einem Fläschchen Verdünnungsmittel. Es war ein Genuß, mit dem Zweizentimeterpinsel ganze Meterflächen, die gerade noch grau waren, zuzudecken mit zimtenem Braun, die Umrandungslinien ließ er frei für das Rot, er arbeitete ohne Hast, wenn auch nicht langsam, er hatte nichts anderes zu tun. Als das Braun eintrocknete und die Farbe einer gerunzelten Leber annahm, mischte er etwas mehr Terpentin in die Farbe, und tatsächlich behielt das Schokoladenbraun nun etwas Glanz, er dachte an poliertes Mahagoni.

Zuerst hatte er sich an die fremde Umgebung und an seine fremde Tätigkeit zu gewöhnen versucht, indem er behutsam und schließlich energisch die graue Grundfarbe des Garagentores abschmirgelte, und dann ohne längere Atempause mit dem Streichen begonnen. Tatsächlich glänzte die frischaufgetragene Farbe diskret dunkel, solange die Garage im Schatten lag, nur wenig später jedoch, als die Sonne auf das Tor schien, bekam das Braun ein Strahlen. Er spürte auf den Wangen und im Nacken die Wärme, plötzlich bemerkte er auf den bemalten Flächen winzige Erhöhungen, Hügelchen, die sich wie ein Ausschlag vermehrten, er überstrich die blattrige Fläche mit neuer Farbe und glättete alles wieder, fing an sich zu beeilen, das Tor mußte gestrichen sein, bevor die Sonne heißer wurde.

Jemand sprach ihn an, rief nach ihm, er zuckte zusammen, malte noch ein paar Pinselstriche, und wandte sich um, erst nach genauerem Hinsehen bemerkte er unter einer halb hinaufgezogenen Jalousie einen weißhaarigen Frauenkopf, er verstand nicht gleich, was ihn die Frau auf englisch gefragt hatte, und als sie ihn auf deutsch weiterfragte, woher er komme, und er Austria antwortete, wollte sie wissen, wie er heiße, und er gab noch immer auf englisch Auskunft. Dann zog sich der Runzelkopf hinter den Rolladen zurück. Er kippte das Garagentor in die Horizontale, dabei entglitt ihm die Dose und klatschte auf den Garagenboden, er mußte sich mit dem Braun nun noch mehr beeilen, tunkte den Pinsel in den Farbfleck am Boden und lief damit zur Tür, zuerst mußte er sie hochschieben, um in der Garage die Lache am Boden sehen zu können, dann mußte er sie herunterziehen, um weiterstreichen zu können, immer wieder mußte er die Tür hochschieben und herunterziehen. Er hörte die Frau hinter sich, er sei also ein Österreicher, sagte sie, aus Österreich sei er, und als er sich umdrehte, stand eine kleine magere Frau vor ihm, ungefähr in der Größe seiner Mutter, und streckte ihm zwei grüne Kühlschrankäpfel entgegen, die er ihr aus den Händen nahm und zu seinen Farbtiegeln in das Garageninnere trug. In einen Apfel biß er hinein, und kauend fragte er die Frau, deren Gesicht ähnlich häutig und eingefallen war wie das Gesicht seiner Mutter im Krankenhaus, ob sie Austria kenne. Sie sei dort gewesen, sagte sie und musterte mehr den Farbfleck auf dem Boden als ihn oder die bemalten Teile der Tür, so daß er noch einmal kräftig in den Apfel biß und darauf gleich wieder mit dem Pinsel die übriggebliebenen grauen Stellen zu überstreichen fortfuhr, aber die Frau blieb und blickte auf die Farblache, und er war gezwungen, vor ihren Augen den Pinsel in die Lache einzutauchen, um weiterarbeiten zu können, also habe es ihr gefallen in Österreich, fragte er, und die alte Frau, die so windschief wie seine Mutter hinter seinem Rücken stand, sagte, sie habe sich nur in der Nähe von Linz aufgehalten, sonst kenne sie nichts von der österreichischen Gegend, sie sei aus dem Lager nicht herausgekommen, bis zur Befreiung sei sie im KZ Mauthausen gewesen, in der Nähe von Linz.

Ja, so, sagte er, und biß auch den zweiten Apfel an, obwohl er den anderen erst zur Hälfte aufgegessen hatte. Die Sonne stach in steilem Winkel auf ihn und vor allem auf die Garagentür herab, er hatte nicht mehr genug braune Farbe, um alle aufziehenden Blasen nieder- und flachzumalen, aber er hatte noch nichts von dem Weinrot gebraucht, also konnte er mehr als geplant davon verwenden. Statt der vorgesehenen dünnen Trennlinien der Quadrate und des alles einfassenden weinroten Randes mußte er nun breite Bänder malen, die roten Linien auf Handbreite ausdehnen und auch den Rand handbreit weinrot streichen. Eher gehetzt als gelassen strich er mit der Kilodose Weinrot in der linken Hand die weinroten Bandbreiten, und zwar in Kreuzform, von der oberen Mitte einen bandbreiten Streifen herunter und von der linken Seitenmitte einen handbreiten Streifen zur rechten Seitenmitte hinüber und schließlich die gleiche Streifenbreite in Weinrot um den Rand der Garagentür herum, und tatsächlich reichte die weinrote Farbe, und da die Dose noch nicht leer war, begann er auch die größten braunen Blattern mit Weinrot zart, aber nachdrücklich zu überpinseln. Er geriet mit dem Pinsel von Blasenhügel zu Blasenhügel, bestrich, um einen Ausgleich zu schaffen, die gesamten Braunflächen mit einer nachdrücklich gepinselten weinroten Glasur und gab erst auf, als Blattern auch am weinroten Kreuz und am Rand aufzuquellen begannen. Er drehte sich um, aber die alte Frau war nicht mehr da, auch der Rolladen des Fensters, aus dem sie den Kopf gesteckt hatte, war heruntergelassen. Er holte sich aus der Garage die angebissenen Äpfel, legte den Pinsel auf die offene Dose Weinrot und verschloß die Garagentür von außen. Zu Fuß erreichte er

Daves Wohnung, packte seine Koffertasche, schrieb ein paar Zeilen für Dave und beschwerte das Blatt mit dem Garagenschlüssel. Auf Wegen, die ihm wie Umwege vorkamen, erreichte er die Auffahrt zur Autobahn, die nahe am Flughafen vorbeiführte, es war noch nicht Mittag, der Himmel wolkenlos blau, der Beton leuchtete weiß wie gestampftes Salz, langsam stieg er an der Leitplanke entlang die Böschung hinauf, bis er das Zubringergewirr überblicken konnte, sogar den Hangar des Flughafens sah er. Er streckte den Daumen in die Autobahn hinein, er hatte ebensoviel Raum wie Zeit, es machte ihm nichts aus, daß Hunderte von Wagen an ihm vorbeisausten, er hätte auch stundenlang in den blauen Himmel schauen und dem Motorengeheul zuhören mögen, aber er hatte noch nicht einmal die Autos zu zählen begonnen, als ein weißer Volkswagenkombi abbremste und etwa zwanzig Meter vor ihm auf der Notspur hielt. Er rannte, um keinen großen Zeitverlust zu verursachen, die kurze Strecke bis zum rechten Wagenschlag, den ihm der Fahrer schon aufgestoßen hatte, ein Inder, ohne Turban, ein schwarzbärtiger junger Mann mit glänzig dunklem Haar. Hinter ihm saß eine brünette Frau, sie saß neben einem kleinen Kühlschrank; aus den wenigen nach vorn und hinten gesprochenen Worten erriet er, daß die beiden nach Detroit fuhren, zur

Mutter der jungen Frau, die eine Brille trug und den Inder, wie er mitbekam, erst vor einigen Tagen geheiratet hatte, jetzt bin ich, sagte er sich, tatsächlich in eine Hochzeitsreise hineingeraten. Er dachte an die zwei Äpfel und roch den Terpentingeruch an seinen Fingern, er spürte noch die Sonne, die wärmer und wärmer wurde in seinem Nacken. Sie durchfuhren Wälder, kilometerlang schaute er in die Zweige zurückfliegender Nadelbäume, zwischen den Wäldern lagen unübersehbare Weideflächen, einmal sah er groß die Tafel KINGSTON, aber sie bogen von der Autobahn nicht ab. Nach einer oder zwei Stunden fragte ihn der Inder, ob er den Wagen fahren wolle und scherte beim nächsten Rastplatz aus, um ihm das Lenkrad zu überlassen. Er hätte gerne etwas gegessen, aber der Inder und seine Frau aßen nichts und schienen auch keinen Durst zu haben. Lange Zeit lag die spiegelglatte Fläche des Ontariosees neben der Straße, und das Wasser vermischte sich mit der Stahlfarbe des Himmels. Er fühlte sich von nichts und durch nichts ausgeschlossen, auch nicht durch ihr Flüstern in seinem Rücken, er genoß es, ein Volant in Händen zu haben, er genoß es, daß man ihn weder liebte noch haßte und ihm dennoch das Lenkrad überlassen hatte, er atmete gern ihren Duft von verbranntem Zucker und faulendem Holz. Auf einer Raststätte, an die sie ihn am Nachmittag hatten heranfahren lassen, kaufte er im Minimarkt eine Sechserschachtel Eier und zwei Päckchen Toastkäse, dazu zwei Stangen nylonüberzogener weißer Brotschnitten. Vor ihren Augen schlug er an einer Steinkante ein Ei auf und trank es mit geschlossenen Augen aus, langsam kamen sie auf ihn zu, ohne ihn zu berühren, standen vor ihm mit starren Blicken und blieben stumm. Als sie sich abwandten, machte er ein paar Schritte von ihnen weg und trank das zweite Ei aus, ohne zu verstehen, warum er von ihnen weggegangen war. Er riß eine Käsepackung auf und schlang Schnitte für Schnitte hinunter, dazu eine halbe Brotstange. Später boten sie ihm auf einem Teller Salat und Kräuter an, deren würziger Geruch seine Nase kitzelte, mit Appetit aß er alles auf und trocknete mit einer Brotscheibe den Teller. Er fühle sich miserabel, sagte ihm auf der Weiterfahrt der Inder, und auch seine Frau fühle sich elend, wenn Leben beleidigt werde, es gäbe für sie kaum Beschämenderes, als dies ansehen zu müssen. Er nickte und lenkte den Kombiwagen, er aß vor ihren Augen keine Eier mehr, er trank sie auf den Pissoirs der Raststätten und kaute seine Käsescheiben vor den Toilettenspiegeln, die Frau des Inders lächelte ihm zu, wenn sie Salat auf seine wattigen Brotscheiben legte.

Das Haus in Detroit war ein mit weißlackierten Brettchen verschaltes Häuschen, das einige Meter von der Straße entfernt stand und über einen bekiesten Gartenpfad, der quer durch den sorgsam bewässerten und geschnittenen englischen Rasen führte, zu erreichen war. Ähnliche Häuschen mit weißlackierten Außenwänden standen in regelmäßigen Abständen hinter Hekken- oder weißen Holzzäunen, alle umgeben von glänzend grüngesprengtem Rasen und hohen Bäumen, zumeist Weißbuchen, nie sah er eine Pappel. Er schlief auf dem Küchenboden in dem Schlafsack, den er sich für sieben Dollar gekauft hatte, sein Kopf berührte, wenn er es wollte oder nicht aufpaßte, eine Ecke des Kühlschrankes, den zu benutzen ihn die Frau des Hauses, eine in weiten Kleidern verborgene magere Lady Mitte Fünfzig, eingeladen hatte. Sie schien ihn noch mehr zu beargwöhnen als den indischen Schwiegersohn, schon wegen des Schlafsackes, aber auch, weil er mit nichts in Verbindung zu bringen war, außer vielleicht, daß er wie der Inder nicht hierher gehörte. In der Nacht, gegen ein Uhr oder auch später, öffnete er den Reißverschluß seines Schlafsackes bis zum Bauchnabel und begann zu essen, er holte sich Wurstschnitten und Fischcreme aus dem Eisschrank, preßte kurze und längere Schlangen aus den Mayonnaise- und Senftuben, bestrich damit Schinken und Käse, er leerte einen Tiegel mit halbgefrorenem Pudding und nahm sich zum Schluß eine Banane, die Schale schob er mit den Füßen ans Ende des Schlafsackes. Am Morgen trank er mit dem Inder und seiner Frau einen aromatischen Tee. Noch vor dem Frühstück, das sie ohne die Schwiegermutter und fast wortlos einander zulächelnd eingenommen hatten, bat er, fragte er plötzlich, zu seiner eigenen Überraschung, ob er einen Rückruf, ein Rückgespräch mit seiner Schwester in Maryland anmelden dürfe, er hatte, für ihn selbst verwunderlich, auf einmal das Bedürfnis, mit seiner Schwester über dem Kellerzimmer zu telefonieren. Aber sicher, sagte die Tochter des Hauses und führte ihn in einen Nebenraum, wo auf einem schmalen Tischchen ein Apparat stand, und entfernte sich, als er die ersten Nummern zu wählen anfing, und kaum ein paar Minuten später klingelte das Telefon für ihn, es war etwa neun Uhr oder halb zehn Uhr vormittags, seine Schwester sagte, sie könne es nicht glauben, sie habe die ganze Nacht darüber gegrübelt, wie und wo sie ihn erreichen könne, doch sie habe von Anfang an gewußt, daß sie ihn nicht werde erreichen können, denn wie und wo, und jetzt rufe er an, sie habe am Vortag das Telegramm von zu Hause erhalten, unsere Mutter ist tot, sagte sie, das Begräbnis ist schon morgen.

Neben dem Apparat stand eine Kristallvase

mit gelben Plastikorchideen. Als er zum Frühstückstisch zurückkehrte, zur Tochter des Hauses und ihrem indischen Mann, fragten sie ihn, ob er sie zum Flughafen von Detroit begleiten wolle, am frühen Nachmittag erwarteten dort einige Freunde ihren geistigen Führer aus Neu-Delhi, der das erste und möglicherweise auch das letzte Mal seine Schüler in den Vereinigten Staaten mit seiner Anwesenheit erfreuen werde. Sie beide hätten vor, den Guru an die Westküste zu begleiten, bis nach San Francisco und Los Angeles. Ja, sagte er, zum Flughafen werde er gerne mitfahren, wenn es ihnen nicht unangenehm sei. Durch das Fenster, an dem sie saßen, schaute er auf eine Buche, auf das unterste Stück des Stammes, er sah die Wölbungen, die der weitausgreifende Wurzelstock im englischen Rasen verursachte. Seine Mutter, sagte er, habe er am Telefon erfahren, sei gestern gestorben. Die beiden saßen vor den Teetassen und lächelten, saßen in sich gekehrt mit milden Augen. Er ging hinaus und überquerte den Rasen und spürte seine ins nasse Gras eintauchenden Schritte und stand hinter diesem weißgetäfelten Haus unter einem Baum, er fühlte keine besondere Bewegung, nicht einmal die halbe Drehung eines Buchenblattes. Seine Mutter, die ihm schlank und geschmeidig im Gedächtnis geblieben war aus seiner Schulzeit, zart, fast zerbrechlich hatte er sie neben sich hergehen sehen auf dem Weg in die Marschallschule, nicht weit entfernt von den Roßkastanien des Volksgartens und den Marktbuden, sie war draußen geblieben vor der Schule, und er hatte zu leben begonnen mit seinem eigenen Kopf. Es schien ihm, als fühlte er einen nachgeahmten Schmerz, aber er war hier, nur hier, bei diesen Teetassen und den Plastikorchideen, nicht unter den Kastanien des Volksgartens, seine Freunde erwarteten von ihm keine Trauer, für sie war dies der vorgezeichnete Übergang von einer Form in die andere, sie kannten derlei Schmerz nicht oder konnten sich ihn nicht zugestehen, und obwohl er sich dies mehrmals vorsagte, hörte er sein Gewinsel am äußersten Rand des Gartens.

Er fuhr den Kombi zum Flughafen, auf einer Nebenstraße war die Fahrbahn rechts kilometerlang flankiert von Ahornbäumen, links dehnten sich Weideflächen, seine Freunde, wie sie sich selbst bezeichneten, sprachen hinter seinem Rücken auf ihn ein, sie seien glücklich, sagten sie, weil sie ihn als Gegenstand der Vorsehung erkannt hätten. Und er war an den unbepflanzten Blumenbeeten vorbei über den Kies gegangen, hatte mit der Mutter gewitzelt, und es war ihm nichts mehr eingefallen, was er noch hätte sagen können.

Er sah auf die Reihe der Kabinen des Flughafentelefonamtes, wählte die Nummer seiner jüngeren Schwester, später sprach er auch mit seinem Bruder, nein, sagte er, es hilft ihr nichts, wenn ich nach Hause fliege. Er roch den Medikamentengeruch ihres Kopfpolsters, aber er roch nicht mehr den Geruch ihres Gesichtes und nicht den Geruch ihrer Haare, den er immer gerochen hatte, zusammen mit dem Küchengeruch.

Durch Glastüren, die sich vor ihm automatisch teilten, betrat er die lärmende Rezeptionshalle des Flughafens, er schlenderte in Sichtweite seiner Bekannten zwischen den Leuten herum und setzte sich einmal auch in ein kunstlederbezogenes Sofa. Als der Jumbo aus Neu-Delhi angekündigt wurde, stellte er sich neben den Inder und dessen Frau, ihn interessierte ihr Guru, der sie beben machte, nicht mehr als irgendein Mensch sonst in dieser Halle. Als eine kleine Gestalt mit langem weißem Bart wie durch eine Plastikhaut lächelnd aus der Zollabfertigung getrippelt kam, sanken die um ihn Stehenden auf die Knie, hochgewachsene Amerikaner in Jersey-Anzügen streckten die Hände aus, blau- und rosalockige Ladies fingerten wispernd an seiner weißen Seide. Ich, dachte er, knirsche nicht mit den Zähnen, ich empfinde nicht einmal Wut. Die Mutter war an einem Sonntag gestorben, am Pfingstsonntag, nach neun Tagen Agonie, hatten sie ihm erzählt, um zehn Uhr vormittags, er sah seinen Bruder vor sich, wie er auf die Armbanduhr schaute.

An einem Freitag, zehn Tage vor Pfingsten, hatte sie seinem Bruder mit einem Finger auf die Brust getippt und gesagt, dort, in dieser Gegend, habe sie Schmerzen, sein Bruder hatte veranlaßt, daß sie durchleuchtet wurde, und blieb bei ihr über Nacht, verbrachte, den Kopf zeitweilig auf die blaßgrüne Kästchenplatte lagernd, diese Nacht von Freitag auf Samstag im Halbschlaf neben dem Bett der Mutter, aber am Morgen, erzählte der Bruder, habe er sie fast verärgert verlassen, nachdem sie ein kräftiges Frühstück verlangt und eine Schale Kaffee mit einem Nußkipferl genossen und danach noch eine Banane verzehrt habe, während er unausgeschlafen zur Arbeit gelaufen sei. Am Abend, als er von der Arbeit in das Zimmer Nummer acht zurückgekehrt sei, habe er jedoch eine andere Mutter vorgefunden, das Sprechen sei ihr von Stunde zu Stunde und dann von Minute zu Minute schwerer gefallen, ihr kaum noch verständliches Sprechen sei in Lallen und allmählich in Röcheln übergegangen. Neun Tage habe er, sagte sein Bruder, dieses leise Röcheln gehört und die anfangs fast nicht wahrnehmbare, langsam aber immer sichtbarer werdende Lähmung beobachtet, angestarrt und beobachtet, vor allem aber habe er nichts so sehr wie den rötlichbraunen Schlauch gesehen, der von einer Sauerstoffflasche in ihre Nase geleitet worden sei.

Er saß in einer etwa zwanzig Sitze zählenden Reihe eines Konzertsaales und sah auf die kleine weißbärtige Figur, die hinter einem Mikrofon auf der Bühne stand und eine Botschaft lispelte, er schaute ohne Geringschätzung auf den weißseidigen Mann auf der Bühne und bemerkte erst nach einer Weile, daß er selbst mit geneigtem, nicht mit hocherhobenem Kopf dahockte, auch wenn er kein Wort von dieser Botschaft aufnehmen oder verstehen wollte. Dennoch versenkte er seine Stirn in die Grube der Hände und hörte, was der Guru immer aufs neue wiederholte: sich einen Punkt hinter der Stirn zu denken, und er dachte sich einen Punkt. Manchmal, nicht immer, wenn er sich körperlich wohl fühlte und nicht alleine war, hatte er alles als einen Punkt empfunden. Sie sei froh, hatte seine jüngere Schwester ihm telefoniert, daß er nicht dabeigewesen sei. Warum, hatte er gefragt. Der ganze Körper der Mutter habe sich noch ein einziges Mal bewegt, nicht aufgerichtet, diese einzige letzte Bewegung habe die Zunge gemacht, die Mutter habe ganz unerwartet die Zunge herausgestreckt, so lang, sie habe nie geglaubt, daß ein Mensch eine so lange Zunge haben könne. Sie ist erstickt, sagte seine jüngere Schwester, an diesem dicken geschwollenen Fleisch im Mund, und sie habe nichts als zusehen können.

Sie hat geglaubt, sagte sein Bruder, du seist auf einer beruflichen Reise, sie hat sich eingebildet, von dir Briefe bekommen zu haben, natürlich hat sie auf dein Zurückkommen gewartet.

Sie hatte ihn nie trösten, nie mit ihm über ein Ende sprechen können, und er hatte sich gelangweilt, sich wohl nirgendwo verlassener gefühlt als bei seiner sterbenden Mutter. Er hatte die Krankenzimmertür zugedrückt, weil ihm das Gesicht der Mutter immer zugelächelt hatte, ohne daß sie davon etwas zu wissen schien.

Der Arzt habe ihnen, nachdem die Mutter in Koma verfallen sei, die Verfärbung der Haut gezeigt, eine rosaviolette Färbung, angefangen von den Füßen. Mehr denn eine Lähmung ihres Körpers und ihres Denkens sei es ein Schwinden der Kräfte gewesen, sagte sein Bruder, mit offenen Augen wie Steinen sei die Mutter vor ihm auf dem Bett gelegen, neun Tage oder genau achteinhalb, seid vorsichtig, hatten die Pflegerinnen ihn und auch die Schwester gewarnt, paßt auf, was ihr redet, sie kann alles hören, man weiß nie. Mehr denn eine Lähmung sei es ein Schwinden der Kräfte gewesen, meinte sein Bruder, Zunge und Halsmuskel, worauf er geachtet habe, hätten sich über acht Tage bewegt, das seien für ihn die Zeichen gewesen, daß sie noch lebe. Ihre Hände seien weich gewesen, sagte sein Bruder, er habe ihre Hände in den seinen gehalten, um sie fühlen zu lassen, daß jemand bei ihr sei. In Abständen, hatte sein Bruder gesagt, habe er ihr Tee eingeflößt und die Mutter habe den Tee geschluckt, er, sagte sein Bruder, habe eigentlich fortwährend auf sie ein- und zu ihr hingeredet, die meiste Zeit gedankenlos, was, fragte der Bruder ihn, hätte er sonst tun sollen die ganze Zeit, er habe pausenlos, wenn auch unbewußt, ununterbrochen ihre Hände gerieben. Sie habe schon lange nicht mehr reden können, aber er habe immer wieder auf sie ein-, auf sie hingeredet, sagte sein Bruder. Sie sei mit leicht geöffnetem Mund vor ihm, eigentlich unter ihm gelegen, weil er sich über sie hin- und hergebeugt habe. Und die Zunge, ihre Zunge, habe sich kaum merklich vorwärts und zurück bewegt, das sei alles, was er habe sehen können, und dazu das Röcheln, das er gehört habe. Im Grunde, sagte sein Bruder, habe er nichts anderes mehr zu tun gehabt, als ihren Atem zu beaufsichtigen. Nicht seinetwegen, ihretwegen habe sie ihm leid getan, meinte sein Bruder, sie sei immer weniger seine Mutter gewesen, ohne ein Wort zueinander zu sagen, ohne einen Ausdruck in ihrem Gesicht, er habe nie gewußt, ob sie leide oder nichts mehr spüre, ob sie ihn hören oder ganz und gar nichts mehr hören könne, und schließlich, ob sie noch irgend etwas fühlen könne oder riechen, seinen Körper mit dem Arbeitsgewand, und wenn sie noch zu riechen vermöchte, ob ihr davon nicht schlecht werde. Die ganze Zeit habe er, halb um sich zu beruhigen, halb um sich mit etwas zu beschäftigen, ihre Hände gerieben und geknetet, ohne wirklich ihre Hände zu spüren, er habe ihre Hände wie Kautschuk gepreßt.

Ohne daß er es sich vorgesagt oder vorgenommen hätte, ließ er die Hände, die sich in der Mitte seiner Stirn getroffen hatten, hinuntersinken auf seine Brust und weiter auf seine Schenkel, er erhob sich ohne ein Entschuldigungswort zum Nachbarn hin und drängte hinaus, an all den niedergesunkenen Köpfen vorbei in die Vorhalle, mit einem Nicken zu den Garderobefrauen hin.

Irgendwie gelangte er zu einem Fluß, streifte durch das Gras am braunen Wasser entlang, sie ist nicht an der Zunge erstickt, sagte er sich, sie ist nur insofern erstickt, als das Herz, das zuwenig Sauerstoff gepumpt hat, stillgestanden ist infolge der Schwäche. Das Herz, sagte er sich, wird nicht krebskrank, vielmehr zerfallen die blutspendenden Organe unter der Krebswucherung, und dem gesunden Herzen geht schließlich das Blut ab, und ohne Blut erhält es keinen Sauerstoff, es pumpt also nicht mehr, weil es kein Blut erhält und weil es keine Kraft mehr hat zum Pumpen, weil das Blut ihm keinen Sauerstoff bringt. Am Flußufer stehend, auf den glattgehauenen Böschungssteinen stehend und auf das vorbeifließende gelbbraune Wasser schauend, dachte er, unmittelbar vor ihrem Tod hat sie, muß sie die Augen aufgerissen und die Zunge herausgestreckt haben, weil sie, in ihrer Finsternis, mit letzter Anstrengung wieder hat atmen und sehen wollen, und mit dieser oder an dieser Anstrengung, weiterleben zu wollen, ist sie gestorben. Sich abdrehend vom Wasser und den Fluß aufwärts zurückwandernd, beobachtete er ein Mädchen und einen Jungen, die, halb noch in ihren Schlafsäcken steckend, sich wechselseitig zwangen, von ihren Sandwiches abzubeißen, er sah Mena und sich unter einer Pinie liegen und Mortadella über Käse auf Weißbrotschnitten schichten und hineinbeißen, sie spuckten einander die Pfefferkörner der Mortadella zwischen die Beine und bogen sich zurück und die Piniennadeln vom Vorjahr stachen in ihre Haut, zu ihren Füßen glitzerte das Mittagsmeer, als hätte es blaues Fieber, es zitterte durchsichtig unter der Zweiuhrsonne, und über Menas Knie krochen vereinzelt schwarze Ameisen.

Er sah kaum Fußgänger im Zentrum, hatte lediglich auf die Autokolonnen zu achten und daß er nicht versehentlich einen Fuß vom Gehsteig auf die Fahrbahn stellte. Zwischen den Hochhäusern der Banken und Konzerne empfand er den Wochentag wie einen öden Sonntagnachmittag daheim. Kaum aber hatte er die Innenstadt hinter sich, war alles wie verwandelt, Bars und Kneipen, Grillbuden in den Slumstraßen, Arbeiter und wohl auch Arbeitslose jeden Alters drängten sich auf dem Gehsteig, in den Bars standen die Leute dichtgedrängt an der Theke herum; wer draußen langsam ging, wurde mit schnellen Hüftbewegungen überholt, immer wieder gab es jemanden, der sich mit seinen Einkaufstaschen den Weg freidrückte. Er beobachtete, wie eine ältere weiße Frau mit prallen Nylontaschen in der Hand von einem jungen Schwarzen gestreift wurde, und als sie losmekkerte, fuhr der Schwarze herum und versetzte der dicken Alten einen Tritt in den Hintern. Die Frau mußte sich ohne Hilfe vom Trottoir aufrappeln.

In einer Barackenkneipe ließ er sich vom Boß ein halbes Dutzend safttriefender Würstchen über die Theke schieben und trank dazu ein Dosenbier.

Er kehrte wieder in den Saal seiner Freunde und ihres geistigen Führers zurück, rutschte in eine Bank hinein und wartete, ohne einen Punkt hinter seiner Stirn zu suchen, auf das Ende des Tages, indem er von Zeit zu Zeit die Augen schloß. Er habe noch das halbvolle Fläschchen ihres Kölnischwassers, hatte ihm sein Bruder gesagt, wenn er es haben wolle, könne er es ihm aufbewahren. Die Mutter habe damit bis zum Koma sich und das Bett besprüht, und er selbst habe immer wieder in den achteinhalb Tagen ihres Komas das Bett und sie und sich besprengt. Denn von Tag zu Tag mehr habe er einen eigenartigen Geruch wahrgenommen, die Mutter habe eine ihm bis dahin fremde Ausdünstung entwickelt, die er noch während seiner Arbeit tagsüber in der Werkstatt nicht aus der Nase zu verdrängen imstande gewesen sei, sie habe nach Nelken gerochen, sagte er, und später immer deutlicher nach Anis und Kamille. Eine Stunde vor ihrem Tod habe die Mutter noch eine Fleboinjektion bekommen. Todeskandidaten gebe man täglich ihre Morphiumration, schon nach einer Woche seien sie süchtig, hatte ihm Bodo, sein Krankenhelfer, einmal gesagt, was willst, hatte er ihn gefragt, Schlaftabletten helfen da nicht mehr. Sie hat sich, sagte die jüngere Schwester, immer auf ihr Schlafspritzerl gefreut, sie habe, sagte sein Bruder, als ihr Unterarm zum letztenmal angestochen worden sei, sie, die schon acht Tage im Koma war, habe sich noch einmal bemerkbar gemacht, indem ihr angestochener Unterarm gegen seine Brust, völlig überraschend, also schlagartig heruntergefallen sei, als ob sie, die Mutter, und genau so und nicht anders habe er es augenblicklich gefühlt, ihn noch einmal hätte schlagen wollen: Laßt mich endlich in Ruhe.

Am nächsten Morgen rollte er seinen Schlafsack neben dem Kühlschrank zusammen, er frühstückte nicht, er hatte keinen Hunger. Er lenkte den weißen Kombi bis zur Auffahrtrampe der Autobahn nach Detroit, dann drückte er dem Inder und seiner Frau die Hand und stieg hinunter auf den Asphalt, er sah ihre gar nicht überraschten Gesichter und ihre winkenden Hände. Als der Wagen nicht mehr zu sehen war, setzte er sich an der Böschung ins Gras und preßte die Hände auf die Erde, nach einer Weile zog er sein Gesicht bis an die Knie heran. Irgendeinmal machte er einen Splitstein naß mit seinem Speichel. Das Blut verläßt, deklamierte er sich vor, zuerst die Extremitäten, und die Auflösung breitet sich von Zelle zu Zelle in unwahrscheinlicher Regelmäßigkeit aus, zuerst verfärbt sich die Haut rosaviolett, dann durchsetzen weiße und rote Punkte die Haut, schließlich lösen sich auch die roten Punkte in Weiß auf. Er hatte sich immer geniert, mit seiner halbsteifen Mutter an einem Straßenübergang warten zu müssen, bis ein Autofahrer gnädig war oder die Ampel auf Grün schaltete, am schlimmsten war es, wenn ein Autofahrer mit Herz bei Rot hartnäckig freundlich wartete und sie beide über die Kreuzung winkte, so daß er gezwungen war, Mutters Humpeln zu beschleunigen oder es mitzumachen, sie über die Straße zu schleifen oder sich mit ihr über die Straße zu schleppen.

Ohne den Splitstein, den er schon ein paarmal bespeichelt hatte, wegzuwerfen, hob er ein Bein in die Luft und bemerkte erst jetzt die abgebrochenen Betonränder der Fahrbahn, unter den Bruchstücken sah er das weißgelbe Gras. Die Mittelklassewagen rasten an ihm vorbei. Obwohl er nicht stur den Daumen hinausstreckte, denn er ließ sich im Grunde genommen jede Möglichkeit zur Zeitversäumnis, zuckelte ein verbeulter Chevrolet langsam abbremsend heran. Er hatte kaum weiter als vielleicht dreißig Meter zu laufen, seine Schuhsohlen versanken, als das Auto schon wieder rollte, in weichem Mörtelstaub, der sich auf der Fußmatte angelagert hatte. Im Wagenfond kuschelten sich ein Junge und ein Mädchen, sie hatten einen Schlafsack zwischen sich geschoben, lachten, als er sich umdrehte, und winkten ihm mit den Handflächen zu; aus dem Augenwinkel sah er das starke Kinn des Fahrers, sein griesgrämiges Profil. In den Rechtskurven rutschte ihm eine Werkzeugkiste immer dichter an den linken Fußknöchel, der Mann mit den mörtelverspritzten Schuhen ließ kein halbes Wort zwischen seinen Zähnen heraus, aber bei einer Vorstadtausfahrt von Chicago bog er ab und hieß sie aussteigen unter den Säulen einer Autobahnrampe.

Seine ältere Schwester hatte ihm am Telefon auch den Brief vorgelesen, den Mena ihm nach Maryland geschrieben hatte: Ich habe über uns beide nachgedacht und bemühe mich, Dir nun zu sagen, wie ich mir vorstelle, weiterzuleben, bitte, versuche das, was ich Dir schreibe, richtig zu verstehen, ich werde im Herbst wieder in unserer Wohnung sein, aber mit ihm. Glaube nicht, daß ich Dich hasse oder andere Gedanken gegen Dich hätte, nur finde ich es richtiger, jetzt so zu leben, wie es meinen momentanen Gefühlen entspricht. Ich bin von niemandem beeinflußt, es ist meine alleinige Entscheidung, ich kann mir vorstellen, was Du Dir denkst, wenn Du diesen Brief liest, der so trocken und wahrscheinlich auch nicht meiner Person entsprechend klingt, aber ich möchte eben nicht, daß Du Dir falsche Gedanken machst über das Weitere.

Als wüßten sie, was sie wollten, gingen der Junge und das Mädchen den Häusern entgegen, er stapfte ihnen durch hochstengeliges Unkraut nach, unter den Schuhsohlen drückten Schottersteine. Hier wuchsen statt Bäumen nur Kletterpflanzen, die sich an den Betonpfeilern hinaufzuranken begannen. Von ferne sah er die ersten Häuserreihen, als sie auf eine unansehnliche Landstraße oder Vorstadtstraße gelangten, die links und rechts von zusammengestutzten Bäumen gesäumt war. Sie gingen auf die Mietskasernen der Peripherie zu, tippelten an vier- und fünfstöckigen Häusern vorbei, aber nicht auf dem breiten Gehsteig hinter der Baumreihe, sondern knapp neben dem Rinnstein. Mit keinem Wort hatten sie irgend etwas vereinbart oder verabredet, für ihn war jede Stadt ein Anlaufort. Der weiße Himmel paßte zu den kreidigen Schreien, die da und dort aus den Fenstern drangen, auch zu dem Gekreisch der farbigen Kinder, die hinter ihnen Bier- und Coladosen quer über die Fahrbahn kickten, eine dieser Dosen streifte sein Ohr, rollte über die Brust herunter und fiel auf die Fußspitze, so daß er sie vielleicht scharf über die Straße hätte hinausknallen können, aber er ließ sie über den Asphalt kollern und bekam die halbe Aufschrift zu lesen: Oil. An einer Tankstelle erkundigten sie sich nach der Autobahnauffahrt Süd, er war in dem Plexiglashäuschen neben der Zapfsäule gestanden, und der Junge hatte einen der zwei Schwarzen gefragt. Er schätzte die beiden auf höchstens zwanzig, sie trugen goldene Kettchen um den Hals, lachend wandten sie sich einander zu, während der Junge auf eine Antwort wartete. Plötzlich hob der eine den Arm und umfaßte damit das Jackettrevers des anderen, der an der Kassa lehnte, und an diesem Revers zog er sich hoch. Draußen ließ er seinen bronzemetallenen Wagen im zweiten Gang über die Vorstadtstraße rollen, seine Finger, die das Lenkrad hielten, bewegten sich nicht, er schien schlafen zu wollen. Bis zur Autobahnauffahrt fiel kein Wort, erst am Ende der kurzen Fahrt sagten sie Aufwiedersehen und Danke.

Er stellte seine Koffertasche, in die er den Schlafsack gesteckt hatte, ins Gras neben der Autobahn. Der Junge und das Mädchen, die sich die Schlafrollen zwischen die Füße klemmten und den Daumen herausstreckten, hatten mit ihm nichts zu reden, also rückte er zwanzig oder dreißig Meter von ihnen ab und hielt seine Hand auf eigenes Risiko hinaus, aber da tänzelte mit waagrecht gestreckten Armen der Junge wie auf einem Drahtseil auf ihn zu und fragte, ob er, wenn er schon in die gleiche Richtung unterwegs sei, nicht mit ihnen die Fahrt weitermachen wolle; wo, fragte ihn der Junge, willst du eigentlich hin, und als er zögerte, meinte das sommersprossige Mädchen, das er auf sechzehn schätzte, wir peilen ein Superfestival an, toller als Woodstock. Ja, log er, dahin sei auch er unterwegs. Ich fahre, dachte er, zu einem Fest, ohne selbst singen zu müssen, ich, sagte er sich, werde mich ganz nahe vor eine Lautsprecherbox hokken. Wir können irgendwo unterwegs schlafen, lachte der Junge, wir haben noch zwei Tage Zeit. Sie fuhren zu dritt ab, durch eine baumlose Ebene, immer an Kornfeldern vorbei, stundenlang hatte er die Augen nur knapp über den Ähren, der Klatschmohn war ausgerottet, höchstens am Rande einer Straßenabzweigung sah er einmal einen Baum; das Gesicht juckte ihn, ich fresse mich durch das Brot der Erde, sagte er und mußte den Mund nicht auftun bis gegen Abend, als sie abgesetzt wurden, nicht weit von einer Hinweistafel, die nach Westen zeigte. Sie gingen auf einem Traktorweg mitten durchs Korn. Die Luft war so warm, daß die Ähren aneinander rieben, oder es wehte ein lauer Wind, den sie nicht spürten, ihm war jedenfalls so, als ob Grillen zirpten und Zikaden geigten, wie in Italien, als er Mena in der Nachmittagssonne auf einen Maulesel gesetzt und um ein Weizenfeld herumgeführt hatte, nicht weit entfernt von dem Strand, vor dem sie jeden Morgen schwammen.

Kurz nach Sonnenuntergang näherten sie sich einem Hügel, eigentlich einem unansehnlich gedehnten Buckel, einer bewachsenen Anhöhe mitten im Korn, einer fast künstlich scheinenden Erhöhung, die von Bäumen bestanden war. Eine winzige bewaldete Insel in der rispelnden Endlosigkeit der Kornebene. Über einen schmalen Pfad gelangten sie hinauf, und verschwitzt ließen sie sich in den Schatten eines Baumes fallen. Das rotsprossige Mädchen begann nach einer Weile um jeden einzelnen Baumstamm herumzutanzen, und auch der Junge machte ein paar Hopser, und schließlich lief er selbst zwischen den beiden hindurch und spürte das federnde kurzgeschnittene Gras unter seinen Füßen, die Feuchtigkeit des besprengten Rasens kühlte die Haut unter seinen Füßen, sie rannten um kaum zwanzig Zentimeter aus der Erde ragende Namenstafeln herum, sie zogen ihre Spiralen über einen kleinen Friedhof, es gab kein Kreuz und keinen Marmorsockel, aber wenn er für einige Augenblicke innehielt, um zu verschnaufen, las er immer wieder Korea oder Vietnam.

Mit der Dämmerung kam verstärkt Wind auf, sie teilten in der kühler werdenden Luft ihre Vorräte, Joghurt und Schokoladerippen, Toastkäseschnitten, Äpfel und Gurkenscheiben, zwischendurch tranken sie Cola und Bier aus Dosen. Er bemerkte das Fächeln der Blätter in den Ästen, das Wiegen der Baumkronen, es kam ihm vor, als ob der Wind vom Boden aufsteige, ohne die Kornähren zu bewegen, und weit und breit kein Meer, Mena. Er glättete seine Nylonplane unter einer Linde, die anderen hatten sich ihren Platz zwischen zwei Zypressen gewählt, kaum zehn Meter entfernt. Auf der Nylonunterlage entrollte er den Schlafsack, Hose und Jacke schob er unter seine Tasche, die er als Kopferhöhung benutzte. Er schob das Gesicht über die Plane hinaus, bis es auf dem Boden lag, und roch das Gemisch von Erde und Gras, aber stärker noch war der Blütenduft des Baumes über ihm. In der Nacht wachte er einmal von einem zischenden Geräusch auf, doch es waren nur die Nylonränder, die wie zu kurz geratene Flügel links und rechts seines Schlafsackes flatterten und ihm den Lindenduft in die Nase trieben.

Joseph Zoderer
im Carl Hanser Verlag

Das Glück beim Händewaschen

Roman. 2. Auflage 1984

In einer schnörkellosen, gelassenen Sprache ohne Leerlauf wird berichtet, wie ein Junge aus Südtirol in ein katholisches, von Patres geleitetes Internat verschlagen wird und wie die fast masochistische Lust an der Unterordnung unter die starren, auf unbedingten Gehorsam abzielenden Regeln langsam umschlägt in erwachendes Selbstbewußtsein. Das alles ist genau im Detail, nie überzogen, überzeugend aus der Perspektive des Jugendlichen erzählt.

Armin Ayren, FAZ

Die Walsche

Roman. 5. Auflage 1984

Es ist ein Merkmal großer Erzählkunst, wenn ein vom berichteten Einzelgeschehen abgelöstes zeitloses Allgemeines entsteht. „Die Walsche“ läßt sich in diesem Sinne lesen.

Ulrich Janetzki, Tagesspiegel